诗词名家讲

叶嘉莹 主编
陈 斐 执行主编

元曲三百首

任中敏
选 编

卢 前
修 订

吴战垒
重订校注

中国出版集团
東方出版中心

图书在版编目（CIP）数据

元曲三百首 / 吴战垒注释. —上海：东方出版中心, 2020.8
ISBN 978-7-5473-1632-0

Ⅰ. ①元… Ⅱ. ①吴… Ⅲ. ①元曲－选集 Ⅳ. ①I222.9

中国版本图书馆CIP数据核字（2020）第064365号

丛书主编　叶嘉莹
执行主编　陈　斐
出版统筹　梁　惠
责任编辑　高淑贤
封面设计　今亮后声 HOPESOUND pankouyugu@163.com

元曲三百首

任中敏选编　卢前修订　吴战垒重订校注

出版发行　东方出版中心
地　　址　上海市仙霞路345号
邮政编码　200336
电　　话　021-62417400
印 刷 者　上海中华商务联合印刷有限公司

开　　本　890mm × 1240mm　1/32
印　　张　7.625
字　　数　154千字
版　　次　2020年8月第1版
印　　次　2020年8月第1次印刷
定　　价　48.00元

“诗词名家讲”丛书总序

叶嘉莹

中国是一个诗的国度。孔子说：“不学诗，无以言。”读诗不仅可以雅化言辞，而且能够美化心灵。我之喜爱和研读古典诗词，本不出于追求学问、知识的用心，而是出于古典诗词中所蕴涵的一种感发生命对我的感召和召唤。在我看来，兴发感动的力量与作用，正是中国古典诗歌所具含的一种极可宝贵的质素。中国传统诗论早就对此做过深入阐发。《诗大序》述及诗歌创作时，即曾提出“诗者，志之所之也”及“情动于中而形于言”的说法，可见内心情志之有所兴起感发的活动，实在乃是诗歌创作的一种基本动力。真正伟大的诗人，不仅用生命来写作诗篇，而且用生活来实践诗篇。优秀的诗篇，往往蓄积了古代伟大之诗人的所有心灵、智慧、品格、襟抱和修养。所以，中国有着源远流长的“诗教”传统，非常重视读者读诗时兴发感动、变化气质的作用。孔门说诗，就一直重视诗之“兴”的作用，既说“兴于诗”，又说“诗可以兴”。在中国文化之传统中，诗歌最可宝贵的价值和意义，就正在于它可以从作者到读者之间，不断传达出一种生生不已的感发的生命，让人葆有一颗关怀宇宙万物与社会人生的不死的心灵。

而我们讲诗的人所要做的，就正是要引导读者体认诗歌中兴发感动的作用，使诗人的心魂得到又一次再生的机会。不过诗人的品质各不相同，写作能力也高下各异，因而一个优秀的说诗人，就不仅应具有能体认诗歌中之兴发感动之生命的能力而已，还需要有一种能分辨出其作品中之感发生命之品质与其写作艺术之高下的修养，并且能加以传述、说明，使聆讲者也能有此种感发与分辨，如此才可以说完成了一种对诗歌中感发生命之传承的责任与使命。

现在喜欢诗词的朋友越来越多，但市面上真正能够引导人领会诗篇所蕴涵的感发之生命的读物却极为罕见。有鉴于此，我们经过详细调查、反复斟酌，编选了这套"诗词名家讲"丛书，按专题分辑推出。所选书籍，大都是夏承焘、程千帆、钱仲联、霍松林等20世纪国学根底深厚、研究和创作兼擅的名家泰斗为大众撰写的诗词普及读物。这些读物，往往言简意赅，深入浅出，既能传达古典诗词的神髓，又可切合现代读者的需求。而且，它们已经经过时间的检验和淘洗，具备了和中华优秀诗词一样的"经典"属性。通过阅读它们，读者朋友们不仅可以了解关于诗词的基本知识，领略鉴赏和创作诗词的主要法门，而且可以"尚友古人"，与千百年来的诗人做朋友，感受那一颗颗关怀宇宙万物与社会人生的不死的心灵，让自己的心灵也得到陶冶、净化。

读诗的好处，就在于可以培养我们拥有一颗美好的活泼不死的心灵。我们作为一个现代人，虽然不一定要再学习写作旧诗，但是如果能学会欣赏诗歌，则对于提升我们的性情品质，实在可以起到相当的作用。孔子与他的学生子夏讨论"巧笑倩兮，美目盼兮，素以为绚兮"的诗句，可以使子夏联系到"礼后乎"的修养。王国维也从晏殊、欧阳修等人的相思怨别之词，联想到“古今之成大事业、大学问者”的三种境界。凡此种种都说明，在中国的诗词中，确实存在有一条绵延不已的、感发之生命的长流。希望这套“诗词名家讲”丛书，能够引领广大的读者朋友们，不仅可以体认到这条生命的长流，在兴发感动中获得生命的享受与快乐，而且可以汇入到这条绵延数千年的生命长流中来，为之推波助澜，使之永不枯竭！

前　言

王国维在《宋元戏曲考·序》中说："凡一代有一代之文学：楚之骚，汉之赋，六朝之骈语，唐之诗，宋之词，元之曲，皆所谓一代之文学，而后世莫能继焉者也。"后来人们则习惯于把唐诗、宋词、元曲称为鼎立于中国文学史上的三座高峰。但元曲并非一种单一的体裁，它其实包括杂剧和散曲两部分，杂剧是戏剧，散曲则是一种诗体。两者既有区别，又有联系。杂剧的主要部分唱词，均按曲调谱写，与散曲相似；而散曲则是一种无科白、无情节的"清唱"。魏良辅《曲律》说："清唱，俗语谓之冷板凳，不比戏场借锣鼓之势，全要闲雅整肃，清俊温润。"其体制和唐宋词的小令大致相似。

散曲起源于金、元之际民间流行的"俗谣俚曲"，因而带有浓郁的地方色彩和乡土风味。后来经过文人的加工和提高，吸取了传统诗词的滋养，在艺术上渐趋成熟，具有丰富的表现力和独特的艺术风貌，终于代词而起，成为擅有元一代之胜的新兴诗体。

一

散曲包括小令和套数两种形式。小令又称"叶儿"，是散曲的基本单位，相当于一首单调的词。它是按照不同的曲调创作的，通常以一个曲调为一首。曲调又名曲牌，各有其名称，如《水仙子》、《蟾宫曲》、《落梅风》、《喜春来》、《小桃红》、《金字经》、《沉醉东风》等。（同一曲调又有别称，如《水仙子》又名《湘妃怨》，《蟾宫曲》又名《折桂令》、《天香引》，《落梅风》又名《寿阳曲》，《喜春来》又名《阳春曲》，《小桃红》又名《平湖乐》，《金字经》又名《阅金经》、《西番经》，等等。）每个曲词有一定的谱式，包括字数、句数、平仄、韵脚等。曲调有北曲和南曲之分，北曲用韵以《中原音韵》为准，无入声，用弦乐器伴奏；南曲用韵以江浙一带语音为准，有入声，以箫笛伴奏。元散曲的曲调绝大部分属于北曲，曲调名称有四百多个，但常用的只有四十调左右。这些曲调分属于十二个不同的宫调（宫调略等于现代音乐中的调式），其中小石调、商角调、般涉调中的曲调很少，又只用于套数，最常用的不过“五宫四调”，即正宫、中吕宫、南吕宫、仙吕宫、黄钟宫、大石调、双调、商调、越调，合称“九宫”（南曲亦同）。每个宫调大体上适于表现一定的声情，例如正宫宜“惆怅雄壮”，中吕宫宜“高下闪赚”，南吕宫宜“感叹伤悲”，仙吕宫宜“清新绵邈”，黄钟宫宜“富贵缠绵”，大石调宜“风流蕴藉”，双调宜“健栖激袅”，商调宜“凄怆怨慕”，越调宜“陶写冷笑”等（见《太和正音谱》）。但也只是大致如此。例如乔吉的【南吕】《玉交枝·恬退》，孛罗御史的【南吕】《一枝花·辞官》，唐毅夫的【南吕】《一枝花·怨雪》，钟嗣成的【南吕】《一枝花·丑斋自序》，其声情大体近似“感叹伤悲”，但张养浩的【南吕】《一枝花·喜雨》，虽属同宫调，其声情却带欣喜而不是“感叹伤悲”。所以宫调与声情并非绝对相应，不可拘执。有的曲调也可以分属不同的宫调。

散曲作者倘觉填写一曲小令意犹未尽，可以把全曲再重复一遍，称为“幺”或“幺篇”；还可以把宫调相同而音律恰能衔接的两三个曲调连接起来填写（最多只能填三调），称之为“带过曲”，属于小令的变体。元人使用的“带过曲”调式约有三四十种，最常见的有【正宫】《脱布衫》过《小梁洲》，【中吕】《醉高歌》过《红绣鞋》，《十二月》过《尧民歌》，【南吕】《骂玉郎》过《感皇恩》、《采茶歌》，【双调】《雁儿落》过《得胜令》等。

套数又称散套、套曲，结构较为复杂，它吸收唐宋大曲、鼓子词、诸宫调等配套的方法，把同一宫调中的多种曲调联缀而成一整套曲子，每套曲子的联缀有一定的顺序，一般用一二支小曲开端，用“煞调”、“尾声”结束，中间选用的调数可多可少，少则三四调，多则二三十调，不管调数多少，必须一韵到底。

二

今人隋树森辑录《全元散曲》，有名姓可考的散曲作者三百余人，小令三千八百多首，套数四百多篇。比之现存的四万八千多首唐诗和二万多首宋词，散曲的数量显然少得很多。因为散曲来自民间，是一种通俗文学，为正统文人所歧视，散曲作者由于种种原因，能编集传世的为数寥寥，大多随作随弃，散佚无闻。至于民间作品，更因无人收集而大都散失了。但从现存四千多首元人散曲中，我们还是可以深切地感受到那个特定时代的生活投影和思想风貌。

元代民族矛盾尖锐，统治者执行民族歧视政策，对汉人、尤其是南人中的知识分子特别歧视，有所谓“九儒十丐”之说。散曲作者们眼见政治黑暗，仕途险恶，在悲愤感叹之余，常萌洁身隐退之想。因而“叹世”和“归隐”成为元散曲的两个突出的主题。如马致远《拨不断·叹世》：

布衣中，问英雄，王图霸业成何用？禾黍高低六代宫，楸梧远近千官冢。一场恶梦！

同调《归隐》：

菊花开，正归来。伴虎溪僧、鹤林友、龙山客；似杜工部、陶渊明、李太白，有洞庭柑、东阳酒、西湖蟹。哎，楚三闾休怪！

看破人间恶梦，遁入世外桃源，虽不过是一种幻想，却反映了对污浊现实的消极抗议，马致远的这种思想感情在元散曲作者中有相当的典型性。至于他那首名作《夜行船·秋思》，则不过是把“叹世”和“归隐”的主题融而为一，化为两声部合唱罢了。

“叹世”的主题变奏的是“讥世”、“刺时”，这类作品寄悲愤于慨叹，情怀激烈，一吐为快。如无名氏《朝天子·有感》：

不读书有权，不识字有钱，不晓事倒有人夸荐。老天只恁忒心偏，贤和愚无分辨！

张鸣善《水仙子·讥时》：

铺眉苫眼早三公，裸袖揎拳享万钟，胡言乱语成时用。大纲来都是哄！

查德卿《寄生草·感叹》：

如今凌烟阁一层一个鬼门关，长安道一步一个连云栈！

至于无名氏那首《醉太平》则更是毫无顾忌地喊出："堂堂大元，奸佞专权"，"官法滥，刑法重，黎民怨。人吃人，钞买钞，何曾见？贼做官，官做贼，混愚贤。哀哉可怜！"这一类愤世讥时之作，闪耀着社会批判的锋芒，有较高的思想意义和认识价值。

与上述主题声气相通的还有一些怀古之作，大多借古讽今，绵里藏针。代表作如张养浩《山坡羊·潼关怀古》：

峰峦如聚，波涛如怒，山河表里潼关路。望西都，意踌躇。伤心秦汉经行处，宫阙万间都做了土。兴，百姓苦；亡，百姓苦！

睢景臣那首脍炙人口的《哨遍·高祖还乡》，则剥下了皇帝的神圣衣衫，还其流氓无赖的真相，嬉笑怒骂，痛快淋漓，虽讽刺一人，而实际上是对封建皇权的亵渎，真是一篇不可多得的讽刺佳作。

与"归隐"主题相联系的则是对山水田园和自然景物的讴歌欣赏。这类作品在元散曲中占的数量也不少，在对自然美的感受中渗透着浓郁的艺术情趣。作为外化了的审美感受，散曲家们的作品也足以使祖国的河山增色，并有助于启迪和提高人们对自然美的鉴赏力。

元散曲中还有一个重要主题，就是歌唱男女恋情，追求爱情幸福。这类作品态度大胆，感情真挚，不乏反封建意味的佳作。但有的放笔无忌，甚至对偷情幽会的情态和心理都有淋漓尽致的描写，为唐宋诗词所罕见。这种情况与元代蒙古统治者入主中原后，一度放松封建礼教，对两性关系的态度较为开放有一定的关系。另一方面，由于元代长期停止科举，知识分子仕进无路，屈居社会下层，与沦落风尘的娼优为伍，为她们写清唱的曲词和演出的脚本，长期的接触，使他们对妓女的情态、心理有较多的了解，因而写这方面的题材也较为得心应手和易于流露真情。但他们那种视妇女为玩物，津津于打情骂俏，追求感官享受，甚至流于色情的低级趣味，也时有表现，不可不予注意。

三

散曲在艺术形式上较诗词显得更为自由和灵活，例如用韵可以平仄通押，不避重韵，可以加衬字，甚至增减字数，等等。这就使内容与形式的关系得到进一步的调整，作者不必削足适履地去迁就固定的曲调格式，而得以酣畅淋漓地抒写自己的思想感情。

平仄通押在宋词中已有出现，至散曲则更为普遍。如马致远《天净沙·秋思》：

> 枯藤老树昏鸦，小桥流水人家，古道西风瘦马。夕阳西下，断肠人在天涯。

一句一韵，鸦、家、马、下、涯五韵，分别为平、平、上、去、平，平仄通押。

不避重韵，如张养浩《山坡羊·未央怀古》的"俱曾此地"和"试上最高处闲坐地"，"地"字虽词性不同，而用韵则相重。

衬字是在曲律规定的字数外，增加字数。通常衬字在歌唱时轻轻带过，不占重要的拍子，常用于句首，间用于句中。如无名氏《秋江送》“少不得北邙山下土里埋”（加黑点者为衬字，下同）；无名氏《望远行》“怕的是灯儿昏月儿暗雨儿斜”；吴止庵《逍遥乐》套数“直睡到红日三竿未起”。有的衬字用于句尾，多为语气助词，最常见的如“也么哥”。

衬字的多少没有定规，大致说来，小令衬字少，套数衬字多，一般一句以衬六七字为常见，但亦有多至十余字甚至数十字者。例如【南吕·黄钟尾】开头两句均为七字，但关汉卿在《一枝花·不伏老》套数中却增为二十三字和三十字：“我是个蒸不烂煮不熟捶不扁炒不爆响珰珰一粒铜豌豆，恁子弟每谁教你钻入他锄不断斫不下解不开顿不脱慢腾腾千层锦套头。”衬字越多，音节便越急促，上例声情激越，有助于增强感情抒发的力度。

有的曲子，全首的衬字甚至大大超过曲字的定数，如王和卿的《百字知秋令》，曲字定数三十九，衬字却多至六十一。这种情况为诗词所未见。

有的曲调还可以增减句数，据周德清《中原音韵》所载，有《端正好》、《后庭花》、《草池春》、《货郎儿》、《混江龙》、《新水令》、《折桂令》、《梅花酒》等十四个曲调可以增减句数，实际上可以增减句数的曲调决不止周德清所举的十四调。这样，同一曲调由于增减句数而形成各种变式，这种情况在词里也存在，大约跟歌唱的需要有关。

散曲在艺术表现上的一个特点是大量运用口语，显得活泼新鲜，生动别致。叙事抒情则以酣畅淋漓、直率刻露见长。这恰与诗词的讲究含蓄蕴藉大异其趣。请看周德清的《折桂令·自嗟》：

倚篷窗无语嗟呀，七件儿全无，做甚么人家！柴似灵芝，油如甘露，米如丹砂。酱瓮儿恰才梦撤，盐瓶儿又告消乏。茶也无多，醋也无多，七件事尚且艰难，怎生教我折柳攀花！

明白如话，直抒襟怀，毫不藏头缩尾，这正是散曲的当行本色。

散曲在艺术表现上的另一个特点是大量运用叠词，用以摹声摹状，使之声容逼肖，情状如见。有的甚至通首以叠词组成，例如乔吉的《天净沙·即事》：

> 莺莺燕燕春春，花花柳柳真真，事事风风韵韵。娇娇嫩嫩，停停当当人人。

此外，散曲中三句一组，互为对偶的鼎足对，以及把顶真和对偶结合起来的联珠对，也为诗词所少见。鼎足对寓对偶于奇数之中，工巧而又流动，颇能体现散曲的艺术本色。

元代散曲大体上可以元成宗大德四年（1300）为断，分为前后两期。前期的创作中心在大都（今北京），后期的创作中心在临安（今杭州）。在创作风格上则有所谓“本色派”和“清丽派”之分，大致上前期北方作家以“本色派”为主，后期南方作家则以“清丽派”为宗。“本色派”民间色彩较浓，曲风豪爽泼辣，带有一股“蒜酪味”；“清丽派”则典雅清新，风格较为接近诗词。就总体而论，“本色派”的成就较大，也较能体现散曲的特色和价值。但明清以还，文人创作的散曲却基本上继承了“清丽派”的余风，诗词化的倾向愈来愈甚，散曲也逐渐失去其本来面目，走上了式微之路。

四

《元曲三百首》，任中敏先生编选，1930 年上海民智书局初版，后经卢前先生重订，于 1945 年由上海中华书局出版，1947 年再版。此书意在继踵《唐诗三百首》和《宋词三百首》，鼎足而三。任、卢二先生都是曲学名家，其眼光自然不同一般，所选多属曲中上品，且顾及题材、风格之多样化，使读者借此得以窥见元散曲之多采风貌，而选者之观点、趣味亦隐然可见。所选全系小令，不选套数，可能是从抒情诗体的角度着眼，以与唐诗、宋词相配；因套数已含有较多的叙事成分，近于剧诗，所以不取吧。这一点与当代散曲选本颇不同。

此本初选时，由于受到所见资料的局限，选目不尽合理，如张可久多至七十二首，几占四分之一。所经重订，面貌有所改变。这次校注，即取重订本。但是由于当时客观条件的限制，重订本在某些方面仍显得较为粗疏。例如有误植作者，且有二名同见而实系一人者（如马九皋与薛昂夫分列，误为二人），有缺题者，有脱文者，现均加订补，并统一体例。原选作者排列亦较杂乱，颇嫌先后失次。现按其生卒先后，重行编排；生卒年不详者，则依同时交游者相次。原选作者六十七家，作品三百一十首，其中无名氏三十五首，经查考，十首为明人之作阑入，现已剔出；又有陈草庵一首，张养浩二首，汤式二首，今分别归于三人名下，而汤式为新列。如此，则所选作者六十八家，作品恰副三百之数。

散曲似乎较诗词通俗，但真正读懂也不容易，着手作注更有难处。其一是用典活泼，雅俗并用，雅典易查，而俗典难稽；甚或正言若反，征其典亦未必明其意。其二是好融化诗句成句，非涉览广博，不能悉其语源。其三是曲中俗语词不易得其确诂。此可谓注曲三难。

我于年轻时曾从先师夏承焘受诗词之学，旁及散曲，亦自兴趣盎然。1982 年曾选注《西湖散曲》，已稍知其难；今又应约校注此本，因琐事栗六，一时无暇措手，又心知注曲之难，不敢掉以轻心，所注力求准确而明通，庶免唐突作者和贻误读者。区区之愿，果能践否，不敢自信也。质之高明，以望垂教。

中敏先生为承焘师平生挚友，忆三十余年前侍坐师侧，多次闻师道及先生之学问为人，惜无奉手之缘。今先生亦归道山，拙注虽成，而聆教无从，谨当瓣香之供，以申仰慕之忱云耳。

吴战垒

1993 年榴花开候于杭州止止居南窗之下

1998 年梅花开候重订于杭州万石里寓所

［编者按］本书曲家小传和注释中提到的一些地名，因行政区划变动而不符合目前的实际情况。今次重版一仍其旧，以示对吴战垒先生的尊重和缅怀。

目

录

序

昔吴公子札观周乐，闻大雅，曰“曲而有直体”；颂，则曰“曲而不屈”。前尝假“直”、“不屈”二义，论有元之曲。夫唐诗宋词元曲，自时代言之者，各有其所胜。然诗必雅正，词善达要眇之情，曲则庄谐并陈，包涵恢广。自体制言之，亦各有其专至，不相侔也。惟诗在唐后，一再演变，虽曰未穷，途径之凿辟殆尽。若词随宋亡而亡，形体徒存，不复能别开异境。独曲未造极，世称元曲，顾曲实非元所能尽耳。

往在南都，中敏有《元曲三百首》之辑，盖踵蘅塘退士之于唐诗、彊村翁之于宋词而为者。时元曲传本，仅有杨朝英二选与天一阁藏《乐府群玉》；诸家别集及《乐府新声》尚未得见，故卷中所录颇不称。或二三首，或十数首，而张可久多至七十二首。选录初毕，殊未自惬。今年，前从闽海还渝城，居北碚山馆，纂《全元曲》二百二十八卷成，因取中敏旧选，略加删定，去南都始订兹编且十七年矣。而今日之世，为五千年来所未曾睹，凡百旧文，何足状当前情事万一；描影绘声，惟酣畅淋漓、直不屈之曲体其庶几乎！是涵泳无妨元曲之中，而取材必在元曲之外，《元曲三百首》者，聊备体格，供来者之玩索而已。

民国三十二年十月十日　卢前

元好问

元好问(1190—1257),字裕之,号遗山,太原秀容(今山西忻县)人。金元之际著名文学家。金宣宗兴定五年(1221)进士。哀宗天兴元年(1232)入翰林,知制诰。金亡后不愿入仕元朝。元初散曲家白朴、王恽等都曾受到他的启发和影响。现存小令九首。

【双调】骤雨打新荷[1]

绿叶阴浓,遍池塘水阁,偏趁凉多。海榴初绽[2],妖艳喷香罗。老燕携雏弄语,有高柳鸣蝉相和。骤雨过,珍珠乱糁[3],打遍新荷。

人生有几,念良辰美景,一梦初过。穷通前定[4],何用苦张罗。命友邀宾玩赏[5],对芳尊浅酌低歌[6]。且酩酊[7],任他两轮日月,来往如梭。

✤ 注释

[1] 双调:宫调名。骤雨打新荷:曲牌名,一说为题目名,曲牌应作《小圣乐》,属小石调。原选仅录下片,现据《全元散曲》补。

[2] 海榴:即石榴。因从海外移植,故名。

[3] 糁(sǎn):溅。一作“撒”。

[4] 穷通:指失意和得志。

[5] 命友:邀请朋友。

[6] 芳尊:美酒。尊,酒杯。

[7] 酩酊:醉得迷迷糊糊的样子。

杨　果

杨果（1195—1269），字正卿，号西庵，祁州蒲阴（今河北安国县）人。金哀宗正大元年（1224）进士，任河南偃师县令，以廉洁精干著称。入元后被荐为经历，元世祖中统元年（1260）任北京宣抚使，次年为参知政事。卒谥文献。为人聪敏，诙谐风趣，是元初知名作家，著有《西庵集》。散曲传世不多，风格典雅，文辞华美。

【越调】小桃红

采莲女

采莲人和采莲歌[1]，柳外兰舟过[2]。不管鸳鸯梦惊破[3]。夜如何？有人独上江楼卧。伤心莫唱，南朝旧曲[4]，司马泪痕多[5]。

又

采莲湖上棹船回[6]，风约湘裙翠[7]。一曲琵琶数行泪。望君归，芙蓉开尽无消息[8]。晚凉多少，红鸳白鹭，何处不双飞！

✤ 注释

[1] 和：唱和。

[2] 兰舟：木兰木制的船。常用作船的美称。这里指采莲船。

[3] 鸳鸯：鸟名，雌雄偶居不离，常用以比喻夫妇恩爱。

[4] 南朝旧曲：指南朝陈后主所作的《玉树后庭花》曲。它一向被认作亡国的

靡靡之音。唐杜牧《泊秦淮》诗："商女不知亡国恨，隔江犹唱后庭花。"

[5]"司马"句：唐代诗人白居易曾贬为江州司马，他在《琵琶行》一诗中，同情弹琵琶歌女的不幸身世，触发自己的迁谪之感，引起强烈的共鸣，发出"同是天涯沦落人，相逢何必曾相识"的慨叹，诗的结句是"座中泣下谁最多，江州司马青衫湿"。司马，唐代协助刺史处理政务的州官。

[6] 棹（zhào）：桨。这里用作动词，即划桨。

[7]"风约"句：是说晚风缠住采莲姑娘的漂亮翠裙。约：缠住。湘裙：用湖南一带所产丝绸做成的裙子。

[8] 芙蓉：荷花的别称。

刘秉忠

刘秉忠（1216—1274），初名侃，字仲晦，号藏春散人，邢州（今河北邢台县）人。十七岁出仕金朝，曾任邢州节度使府令史。后隐居武安山为僧，法名子聪。元世祖忽必烈为亲王时，发现他博学多才，劝令还俗，更名秉忠。至元初任光禄大夫，位太保，参与中书省事，曾协助制订朝仪官制，为元代开国重臣。为人好学，至老不衰，为官后仍保持淡泊清静的斋居蔬食生活。常以吟咏自适，有《藏春散人集》。散曲现存小令十二首。

【南宫】干荷叶[1]

干荷叶，色苍苍[2]，老柄风摇荡。减清香，越添黄，都因昨夜一场霜。寂寞在秋江上。

又

干荷叶，色无多，不耐风霜剉[3]。贴秋波，倒枝柯，宫娃齐唱采莲歌[4]。梦里繁华过。

又

南高峰，北高峰[5]，惨淡烟霞洞[6]。宋高宗[7]，一场空，吴山依旧酒旗风[8]。两度江南梦[9]。

✤ 注释

[1] 干荷叶：一名《翠盘秋》，亦可入中吕宫及商调。

[2] 苍苍：暗绿色。

[3] 剉：同"挫"，摧伤，摧折。

[4] 宫娃：宫女。

[5] 南高峰、北高峰：在杭州西湖，遥遥相对，称"双峰插云"，为"西湖十景"之一。

[6] 惨淡：形容景物无光。烟霞洞：在南高峰下的烟霞岭上，为西湖最古的石洞之一，洞壁有五代、北宋造像。

[7] 宋高宗：即赵构，公元 1127—1162 年在位。初封康王，徽、钦二帝被俘后，他在南京（今河南商丘）即位，慑于金人威势，南迁扬州，继又渡江而南，建都临安（今浙江杭州），史称南宋。

[8] 吴山：在西湖东南面，春秋时是吴国的南界，故名。俗称城隍山。宋、元时吴山酒肆林立，十分繁华。酒旗风：酒旗在风中飘扬。酒旗，也叫"酒帘"，旧时酒家的标识。杜牧《江南春绝句》："水村山郭酒旗风。"

[9] 两度江南梦：指五代吴越和南宋两个建都于杭州的王朝都相继灭亡。按，刘秉忠卒于元军攻陷临安的前两年，南宋虽未亡国，但灭亡之势已定。

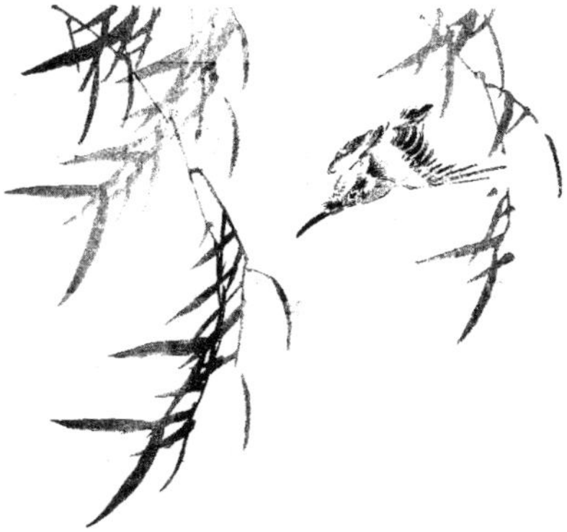

王和卿

王和卿，大都（今北京）人。元钟嗣成《录鬼簿》列为前辈名公，称其为“大学士”。生卒年不详。元陶宗仪《辍耕录》载其与关汉卿同时，关汉卿曾前往吊其丧。现存散曲二十多首，大多为滑稽嘲谑的游戏之作，但也有较深刻的讽刺作品。按，原选署名王鼎。鼎字和卿，曾任汴梁通许县令，卒于关汉卿之后，揆之关汉卿之吊王和卿，扞格不合。知两者并非一人。

【仙吕】醉中天

咏大蝴蝶[1]

弹破庄周梦[2]，两翅驾东风。三百座名园一采一个空。难道是风流孽种[3]，吓杀寻芳的蜜蜂[4]。轻轻扇动，把卖花人扇过桥东[5]。

✤注释

[1] 据元陶宗仪《辍耕录》记载：元代中统初年，大都（今北京）出现过一只大得出奇的蝴蝶，王和卿便写此曲以咏其事。作者笔下的这只大蝴蝶，令人想起元代社会那些依仗权势、贪财好色的“花花太岁”形象。

[2] 弹破庄周梦：庄周，即庄子，战国时著名思想家。《庄子·齐物论》说庄周曾经梦见自己变成一只蝴蝶，自由飞舞，觉得很愉快。一会儿醒来，仍然是一个庄周，不知是庄周在梦里变成蝴蝶呢，还是蝴蝶在梦里变成了庄周？这里是借庄周的梦境被蝴蝶弹破，形容蝴蝶之大。弹，一作“挣”。

[3] 风流孽种：指贪恋女色、游手好闲的公子哥儿。

[4] 寻芳：采蜜。

[5]“轻轻”二句：宋谢无逸咏蝴蝶名句：“江天春暖晚风细，相逐卖花人过桥。”此化用其句。

【仙吕】一半儿

题 情

鸦翎般水鬓似刀裁[1]，小颗颗芙蓉花额儿窄[2]。待不梳妆怕娘左猜。不免插金钗，一半儿鬅松一半儿歪[3]。

✤ 注 释

[1]“鸦翎”句：是说女子的鬓发油光水滑，像乌鸦的羽毛那样乌黑，像刀裁过那样整齐。

[2] 小颗颗：亦作“小可可”，形容很小。

[3]“待不梳妆”三句：是说女子因情人不在，本无心梳妆打扮，但又怕引起母亲猜疑，所以只好草草梳妆，敷衍对付。左猜：乱猜疑。左，不当。鬅（péng）松：形容头发松散。

【仙吕】一半儿

别来宽褪缕金衣[1]，粉悴烟憔减玉肌[2]。泪点儿只除衫袖知。盼佳期，一半儿才干一半儿湿[3]。

✤ 注 释

[1] 缕金衣：用金线缝制的衣服。

[2] 粉悴烟憔：即烟粉憔悴，指女子面容憔悴。

[3]“泪点儿”三句：是说女子因苦苦相思而暗自伤心流泪，只有擦泪的衣袖才知道她的痛苦。她盼望着与情人团聚的佳期，却总是落空，那衣袖上的泪痕也才干又湿，永无全干之日了。

盍志学

盍志学,《录鬼簿》列于“前辈已死名公”,称其为“学士”。今人以为即盍西村,盱眙(今属江苏)人。生卒年、事迹不详。现存小令十七首,套数一篇。风格清新自然,《太和正音谱》称其“如清风爽籁”。

【越调】小桃红

西园秋暮[1]

玉簪金菊露凝秋[2],酿出西园秀。烟柳新来为谁瘦?畅风流[3],醉归不记黄昏后。小槽细酒[4],锦堂晴昼,拚却再扶头[5]。

✤ 注释

[1] 原作共八首,分咏“临川八景”。这是第二首。临川,县名,今属江西。

[2] 玉簪:多年生草本植物,秋季开花,洁白如玉,未开时如簪头,有芳香。

[3] 畅:很,真正。

[4] 小槽:古时制酒器的一个部件,酒由此缓缓流出。槽,原误作“糟”。唐李贺《将进酒》诗:“小槽酒滴真珠红。”细酒:美酒。细,精美。

[5] 拚却:甘愿。却,语助词。扶头:醉倒。宋朱弁《秋泉次韵》:“已拚扶头日三丈,朝酲未解任昏昏。”乔吉《扬州梦》:“想昨宵沉醉,今日又索扶头也。”

【越调】小桃红

江岸水灯[1]

万家灯火闹春桥,十里光相照。舞凤翔鸾势绝妙[2]。可怜宵[3],波间涌出蓬莱岛[4]。香烟乱飘,笙歌喧闹,飞上玉楼腰[5]。

✤ 注释

[1] 此首为咏“临川八景”的第三首，写元宵灯会情景。

[2] 舞凤翔鸾：指扎成凤凰和鸾鸟形状的花灯，姿态生动，盘旋飞舞。

[3] 可怜宵：美好的夜晚。可怜，可爱。

[4]“波间”句：指江岸灯月交辉，倒影映入波心，仿佛出现了蓬莱仙岛。蓬莱，传说中海上的仙山。

[5] 玉楼：传说天上仙人的居所。腰：中部。这句是说笙歌喧闹声传到半天之高。

【越调】小桃红

客船夜期[1]

绿云冉冉锁清湾，香彻东西岸[2]。官课今年九分办[3]。厮追攀[4]，渡头买得新鱼雁。杯盘不干，欢欣无限，忘了大家难[5]。

✤ 注释

[1] 一作“客船晚烟”，为咏“临川八景”的第五首。

[2]“绿云”二句：是说一片碧绿的菱荷布满了江湾，清香四溢，传遍两岸。绿云：形容菱荷之类水生植物的绿叶。冉冉：迷漫的样子。

[3] 官课：指应上缴官府的租税。九分办：指绝大部分已完成。

[4] 厮追攀：相互邀约。厮，互相。

[5]“忘了”句：是说大家都难忘这个快乐的夜晚。

【越调】小桃红

杂　咏[1]

杏花开后不曾晴，败尽游人兴。红雪飞来满芳径[2]。

问春莺，春莺无语风方定。小蛮有情[3]，夜凉人静，唱彻醉翁亭[4]。

✤ **注 释**

[1]《杂咏》共八首，这是第三首。

[2] 红雪：指纷纷谢落的红色花瓣。

[3] 小蛮：唐代诗人白居易的侍女，善歌舞。这里借指歌姬。

[4] 醉翁亭：宋欧阳修谪守滁州时，曾游宴于瑯琊山，山有亭，僧人智仙所建，欧阳修名之为醉翁亭，自号醉翁，并作《醉翁亭记》。太常博士沈遵为作琴曲《醉翁吟》（又名《醉翁操》）。这里说“唱彻醉翁亭”，是指歌姬有情，善解人意，能为主人的诗酒风流助兴。

关汉卿

关汉卿，晚号已斋叟，大都（今北京市）人，一说祁州（今河北安国县）人。约生于十三世纪前期，卒于元灭南宋之后。《录鬼簿》说他做过太医院尹。作杂剧六十余种，大都散佚，现存十八种，以《窦娥冤》最为著名。与马致远、白朴、郑光祖合称“元曲四大家”。他接近下层人民，在作品中反映出封建残暴统治下人民遭受的痛苦和愿望，尤其是塑造了各种被压迫妇女的典型形象，同情她们的命运，歌颂她们的聪明才智和斗争精神。他精通音律，曾亲自参加舞台演出。曲词质朴而精练，戏剧性强，在当时享有盛名。所作散曲，气调清新刚劲，壮浪纵恣，独具一格。现存小令十余首，套数十多篇。

【双调】沉醉东风

伴夜月银筝凤闲[1]，暖东风绣被常悭[2]。信沉了鱼，书绝了雁[3]，盼雕鞍万水千山[4]。本利对相思若不还，则告与那能索债愁眉泪眼[5]。

✤注释

[1] 银筝凤闲：让筝箫闲着。谓无心弹筝吹箫。凤，凤箫。

[2] 绣被常悭：锦绣的被褥却很少用它。指无心酣睡。悭（qiān），少。

[3] “信沉”二句：是说情人一去无消息。鱼、雁，指代书信。

[4] 雕鞍：装饰华美的马鞍。指代远行在外的情人。

[5] “本利”二句：意谓相思有如放债，到约定的日期连本带利一并计算，如果不还账，就只有让忧愁和眼泪来讨债了。索债：讨还相思债。

【双调】碧玉箫

盼断归期，划损短金篦[1]。一搦腰围，宽褪素罗衣[2]。知他是甚病疾？好教人没理会[3]。拣口儿食，陡恁的无滋味[4]！医，越恁的难调理[5]。

✤ 注释

[1]“划损”句：闺中少妇用篦梳在墙上划线来计算丈夫的归期，而丈夫迟迟不归，以致把金属的篦梳也磨损了。篦(bì)：梳头用具。

[2]“一搦”二句：形容少妇因相思而憔悴瘦损。一搦(nuò)：一握。宽褪(tùn)：指衣带宽松，反衬身体消瘦。《古诗十九首》之一：“相去日已远，衣带日已缓。”

[3]没理会：不明白。

[4]陡：突然。恁的：如此，这样。

[5]越：越发，更加。

【双调】大德歌

秋

风飘飘，雨潇潇，便做陈抟也睡不着[1]。懊恼伤怀抱，扑簌簌泪点抛。秋蝉儿噪罢寒蛩儿叫[2]，淅零零细雨打芭蕉。

✤ 注释

[1]便：即使。陈抟(tuán)：字图南，号扶摇子，亳州真源(今河南鹿邑)人，五代末、北宋初的著名道士，曾在华山修道，常常酣睡百日不醒。见《宋史·陈抟传》。

[2]寒蛩(qióng)：秋天的蟋蟀。

【南吕】四块玉

闲　适[1]

旧酒没，新醅泼[2]，老瓦盆边笑呵呵[3]。共山僧野叟闲吟和。他出一对鸡，我出一个鹅，闲快活。

又

南亩耕[4]，东山卧[5]，世态人情经历多。闲将往事思量过。贤的是他，愚的是我，争甚么！

✤ 注释

[1] 题共四首，所选为第二首、第四首。

[2] 新醅（pēi）：新酒。醅，没有过滤的酒。泼：倾倒。这里指斟酒。

[3] 老瓦盆：粗陋的盛酒器。杜甫《少年行》："莫笑田家老瓦盆，自从盛酒长儿孙。"

[4] 南亩：指农田。语本《诗经・小雅・大田》："俶载南亩，播厥百谷。"这里暗用诸葛亮躬耕南阳事。

[5] 东山卧：指隐居。东晋谢安曾隐居东山（在今浙江上虞西南）。

【南吕】四块玉

别　情

自送别，心难舍，一点相思几时绝？凭栏袖拂杨花雪[1]。溪又斜，山又遮，人去也！

✤ 注释

[1] 杨花雪：形容柳絮飘飞如雪。宋苏轼《少年游》词："去年相送，余杭门外，飞雪似杨花。今年春尽，杨花似雪，犹不见还家。"

王　恽

王恽(1226—1304),字仲谋,号秋涧,卫州汲县(今河南汲县)人。历任国史编修、监察御史,出判平阳路,迁燕南河北按察副使、福建按察使,官至翰林学士、知制诰。任职期间,弹劾贪官,平反冤狱,政绩昭著。一生好学,是当时著名的学者、词曲家和书法家。著有《秋涧先生大全文集》。散曲存小令四十一首。

【越调】小桃红[1]

采菱人语隔秋烟[2],波静如横练[3]。入手风光莫流转[4]。共留连,画船一笑春风面[5]。江山信美,终非吾土[6],何日是归年?

✤ 注释

[1] 小桃红:《秋涧乐府》作《平湖乐》,即《小桃红》。系作者任平阳路总管时作,共十首,这是第五首。平湖,即平水,在今山西临汾县西南。

[2] 秋烟:秋天野外笼罩的雾气。

[3] 横练:横铺着的白绢。形容江水的清澄平静。南朝齐谢朓《晚登三山还望京邑》诗:“余霞散成绮,澄江静如练。”

[4] 入手:到手。流转:流逝。这句是说应珍惜时光,及时行乐。

[5] 春风面:形容女子美丽的容颜。唐杜甫《咏怀古迹五首》之三:“画图省识春风面。”

[6]“江山”二句:用汉末王粲《登楼赋》“虽信美而非吾土兮,曾何足以少留”句意。信美:确实美好。吾土:故乡。

白 朴

白朴(1226—1306?),字仁甫,一字太素,号兰谷,原籍隩州(今山西曲沃县),移居真定(今河北正定县)。父亲白华为金代枢密院判官,与元好问有通家之谊。金亡后,饱经丧乱,曾随元好问避难山东,寓居聊城,在学问修养方面得到元好问的指点和帮助。入元以后,不愿出仕,移家金陵(今江苏南京)。常从诸遗老放情山水之间,日以诗酒为乐。工杂剧,为"元曲四大家"之一。所作杂剧十六种,现存《梧桐雨》、《墙头马上》、《东墙记》三种。散曲清丽婉约,间有旷放之作。现存小令三十七首,套数四篇。

【双调】庆东原

忘忧草[1],含笑花[2],劝君闻早冠宜挂[3]。那里也能言陆贾[4],那里也良谋子牙[5],那里也豪气张华[6]?千古是非心,一夕渔樵话[7]。

✤注 释

[1] 忘忧草:即萱草。古人以为可以使人忘却忧愁。

[2] 含笑花:木本植物,初夏开花,花如兰,开时常不满,如含笑的样子,故名。

[3] 闻早:趁早。冠宜挂:即宜辞官。《后汉书·逢萌传》:"时王莽杀其子宇,萌谓友人曰:'三纲绝矣!不去,祸将及人。'遂解冠挂东都城门。归,将家属浮海,客于辽东。"后因以挂冠指辞官。

[4] 能言陆贾:陆贾是汉高祖刘邦的谋臣,为人很有辩才,从刘邦定天下,并

曾两次出使南越，说服南越王赵佗归汉。

[5] 良谋子牙：吕尚，又名姜尚，字子牙。为人足智多谋，辅佐周文王、周武王灭商，封于齐，人称姜太公。

[6] 豪气张华：张华，字茂先，西晋著名文学家。晋武帝时任中书令，曾力劝武帝排除众议，定灭吴之计。灭吴后，出为持节都督幽州诸军事。以文人而有武略，故称豪气。

[7] "千古"二句：是说历史上的英雄人物，是非功过，都已成为陈迹，到头来，不过供渔夫樵子晚间的谈资而已。

【双调】驻马听

舞[1]

凤髻盘空[2]，袅娜腰肢温更柔。轻移莲步[3]，汉宫飞燕旧风流[4]。谩催鼍鼓品梁州[5]。鹧鸪飞起春罗袖[6]，锦缠头[7]，刘郎错认风前柳[8]。

✤ 注释

[1] 这是作者《驻马听》组曲《吹》、《弹》、《歌》、《舞》四首之一，写女子舞姿之美。

[2] 凤髻：女子头上所梳状如凤凰的发髻。

[3] 莲步：南朝齐东昏侯凿金为莲花，贴在地上，令潘妃行其上，称为"步步生莲花"。这里指舞女轻盈美妙的步姿。

[4] 汉宫飞燕：汉成帝皇后赵飞燕，体态轻盈，传说能立于宫人所托的水晶盘上起舞。

[5] 鼍(tuó)鼓：用鼍鱼(即扬子鳄)的皮蒙制而成的鼓。梁州：即《梁州令》，舞曲名。

[6] "鹧鸪"句：指舞女翩跹起舞时，舞袖上绣着的鹧鸪也随之上下飞舞。又，唐代乐曲有《山鹧鸪》，属羽调，则双关鹧鸪乐曲随着舞步飞扬之意。

[7] 锦缠头：古代歌舞艺人表演完毕，客以罗锦为赠，称"缠头"。后作为赠送妓女财物的通称。

[8] 刘郎：相传东汉时刘晨、阮肇二人入天台山采药迷路，遇二仙女，留居山中半年，归家时世上已过七世。后世常以刘郎代称某些解风情、有艳遇的男子。

【仙吕】寄生草

饮

长醉后方何碍[1]，不醒时有甚思？糟腌两个功名字，醅淹千古兴亡事，麯埋万丈虹霓志[2]。不达时皆笑屈原非[3]，但知音尽说陶潜是[4]。

✤注释

[1] 方何碍：却何碍。即无碍。方，却。

[2] “糟腌”三句：是说让酒把事业功名、千古兴亡、雄心壮志等统统都淹埋掉。糟腌：用酒糟浸渍。醅（pēi）：未过滤的酒。淹：淹没。麯：酒麯，指代酒。虹霓志：气贯长虹的壮志。

[3] 不达时：不识时务。屈原：战国时楚国大夫，爱国诗人，因救国救民的理想不能实现并屡遭迫害，却不愿同流合污，乃自投汨罗江而死。自汉代班固以来，即有人指责屈原“露才扬己”、“不识时务”。这里是一种貌似达观而其实愤世嫉俗的反语。

[4] 陶潜：即东晋诗人陶渊明，曾官彭泽县令，因不愿“为五斗米折腰”，辞官归隐。性喜饮酒，“造饮辄尽，期在必醉”（《五柳先生传》）。作者引陶潜为知己，是欣赏他的隐逸情怀和嗜酒习性，也正是紧扣题旨而发。

【双调】沉醉东风

渔 夫

黄芦岸白蘋渡口，绿杨堤红蓼滩头。虽无刎颈交[1]，却有忘机友[2]。点秋江白鹭沙鸥。傲杀人间万户侯[3]，不识字烟波钓叟。

✤ 注释

[1] 刎颈交：生死相交，愿以性命相许的朋友。

[2] 忘机友：彼此没有机诈之心的朋友。

[3] 万户侯：古代贵族的封邑以户口计算，汉时分封诸侯，最大的侯爵食邑万户。后以万户侯指代高官显贵。

【仙吕】醉中天

佳人脸上黑痣

疑是杨妃在，怎脱马嵬灾[1]？曾与明皇捧砚来，美脸风流杀。叵奈挥毫李白，觑着娇态，洒松烟点破桃腮[2]。

✤ 注释

[1] “疑是”二句：杨妃，即唐玄宗宠爱的贵妃杨玉环。安史之乱时，玄宗奔蜀，至马嵬坡（在今陕西兴平县西），六军请杀丞相杨国忠，杨贵妃亦被迫缢死。这两句是说眼前这位佳人仿佛活脱脱的杨妃，怀疑她怎么能从马嵬坡的灾祸中脱身。

[2] “曾与”五句：传说诗人李白为唐玄宗撰写新词，命杨贵妃捧砚。作者设想李白在挥毫书写时，有意将墨水洒在杨贵妃的脸上，因而留下这颗黑痣。叵（pǒ）奈：无奈，可恨。觑（qù）：看。松烟：指墨。古人以松木所烧的烟灰制墨。桃腮：形容脸颊如桃花般艳丽。

【仙吕】一半儿

题　情[1]

云鬟雾鬓胜堆鸦[2]，浅露金莲簌绛纱[3]，不比等闲墙外花。骂你个俏冤家[4]，一半儿难当一半儿耍[5]。

✤ 注释

[1] 此首诸本皆属关汉卿名下，原选归白朴，不知所据，现仍其旧。

[2] 云鬟雾鬓：形容女子头发浓密蓬松，绰有风致。堆鸦：形容女子头发乌黑而有光泽。

[3] 金莲：指女人的小脚。簌：指小步走动时衣裙发出的声音。绛纱：指红色的纱裙。

[4] 俏冤家：对情人的昵称。

[5] 难当：元代俗语，赌气。

胡祗遹

胡祗遹（1227—1293），字绍开，号紫山，磁州武安（今河北磁县）人。元世祖至元年间曾任应奉翰林文字、太常博士、左右司员外郎等职。为官刚直正派，因触犯权奸，被贬外任。晚年召拜翰林学士，托病不就。卒谥文靖，赠礼部尚书。有《紫山大全集》传世。现存小令十一首。《太和正音谱》评其曲风“如秋潭孤月”。

【双调】沉醉东风

渔得鱼心满愿足，樵得樵眼笑眉舒[1]。一个罢了钓竿，一个收了斤斧[2]，林泉下偶然相遇。是两个不识字渔樵士大夫[3]，他两个笑加加的谈今论古[4]。

✤ 注 释

[1]“渔得”二句：渔夫捕到鱼，樵夫砍得柴，就心满意足，眉开眼笑。写恬淡自足，对生活不存奢望。

[2] 斤斧：斧头。

[3] 不识字渔樵士大夫：赞美渔樵虽然不识字，却有士大夫难得的淡泊襟怀。

[4] 笑加加：即笑哈哈。

王德信

王德信，字实甫，以字行。大都（今北京市）人，生卒年不详，约与关汉卿同时。曾做过官，约活到六十岁以上。晚年退隐，专心创作，写过杂剧十四种，今存《西厢记》、《丽春堂》、《破窑记》三种。明初贾仲明说："新杂剧，旧传奇，《西厢记》天下夺魁。"可见受曲坛之推重。散曲现存不多，仅三五篇。

【中吕】山坡羊

春　睡[1]

云松螺髻[2]，香温鸳被，掩春闺一觉伤春睡。柳花飞，小琼姬[3]，一片声雪下呈祥瑞，把团圆梦儿生唤起[4]。谁，不做美？呸，却是你！

✤ **注释**

[1] 此曲诸本多归张可久名下，题作《闺思》。《尧山堂外纪》则以此属王实甫。

[2] 螺髻：螺壳状的发髻。

[3] 小琼姬：小丫环。

[4] "一片声"二句：漫天柳絮如同瑞雪纷飞，引起小丫环一声惊叹，结果把做着与丈夫团圆好梦的女主人给惊醒了。生唤起：硬唤醒。

【中吕】十二月过尧民歌[1]

别　情

自别后遥山隐隐，更那堪远水粼粼[2]。见杨柳飞绵滚滚，对桃花醉脸醺醺。透内阁香风阵阵，掩重门暮雨纷纷。怕黄昏忽地又黄昏，不销魂怎地不销魂！新啼痕压旧啼痕，断肠人忆断肠人。今春，香肌瘦几分，搂带宽三寸[3]。

✤ 注 释

[1] 这是一首带过曲，属于小令的变体。散曲作者写完一曲之后，意犹未尽，还可以把宫调相同而音律恰能衔接的两三个曲调连结起来写（最多只能填三调），称之为“带过曲”，或称“合调”。元人使用的带过曲调式约有三四十种，最常见的有：【正宫】《脱布衫》过《小梁州》，【中吕】《醉高歌》过《红绣鞋》，《十二月》过《尧民歌》，【南吕】《骂玉郎》过《感皇恩》、《采茶歌》，【双调】《雁儿落》过《得胜令》等。这首带过曲的两个曲调都不能单独用作小令。

[2] 粼粼（lín）：形容水波清澈流动。

[3] 搂带：裙带。

伯　颜

伯颜(1236—1294),姓八邻氏,蒙古族人。元世宗时拜中书左丞相,后迁同知枢密院事,元世祖至元十二年(1275),任大元帅,领兵攻宋。宋亡后,进金紫光禄大夫,加食邑六千户。卒封淮南王,谥宗武。

【中吕】喜春来[1]

金鱼玉带罗襕扣[2],皂盖朱幡列五侯[3],山河判断在俺笔尖头[4]。得意秋,分破帝王忧[5]。

✤注释

[1] 喜春来:又名《阳春曲》。此曲一作姚燧作。

[2] 金鱼:金符,刻为鲤鱼形,故称。玉带:用玉装饰的腰带。罗襕(lán):即紫罗襕,用紫色丝罗制成的官服。唐制,三品以上可穿紫色官服,佩饰金鱼符和玉带。这里指高级官员的服饰。

[3] 皂盖:黑色的车盖。朱幡:红色的旗帜。都是古代高级官员出行时的仪仗。五侯:指公、侯、伯、子、男五等爵位,后泛称权贵。

[4] 山河:指山河美景。判断:鉴赏,评定。这句是说山河美景任凭自己评赏。

[5] 得意秋:称心得意的时日。分破:分解。

张弘范

张弘范（1238—1279），字仲畴，定兴（今属河北）人。元世祖至元十一年（1274），元军渡江南侵，任前锋。十五年，任蒙古汉军都元帅，率兵南下，与宋丞相文天祥交战。宋亡归朝不久，因暴病而卒。追封淮阳王，谥献武。因排行第九，时称“张九元帅”。原选即署“张九元帅”，今改署其名，以统一体例。

【中吕】喜春来

金妆宝剑藏龙口[1]，玉带红绒挂虎头[2]，绿杨影里骤骅骝[3]。得志秋，名满凤凰楼[4]。

✤ 注释

[1] 金妆：用黄金作装饰。妆，一作“装”。龙口：指饰有龙形的剑鞘。

[2] 虎头：指虎头牌，元代皇帝颁发的得以便宜行事的金牌。

[3] 骤：马快跑。骅骝：骏马。绿杨：一作“旌旗”。

[4] 得志秋：得志的时日。凤凰楼：宫中的楼阁。这里指皇宫所在的京城。

严忠济

严忠济（？—1293），一名忠翰，字紫芝，山东长清人。元太宗十二年（1240）袭封东平路行军万户、管民总管。中统二年（1261）召还京师，罢职。世祖至元二十三年（1286），特授资德大夫中书左丞行浙江省事，因年老，辞而不就。现存小令二首。

【越调】天净沙

宁可少活十年，休得一日无权。大丈夫时乖命蹇[1]。有朝一日天随人愿，赛田文养客三千[2]。

✤ 注释

[1] 时乖命蹇（jiǎn）：指时运不好。乖，相背，不合。蹇，不顺利。

[2] 田文：战国时齐国贵族，即孟尝君。以好客著称，门下食客数千人。见《史记·孟尝君列传》。

姚　燧

姚燧(1238—1313),字端甫,号牧庵,河南洛阳人。三岁丧父,为伯父姚枢所抚养,后为国子祭酒许衡所赏识。元世祖至元年间入仕,历任奉议大夫、提刑按察司副使、江西行省参知政事、翰林学士承旨等职。诗文刚劲宏肆,气势豪雄,一扫宋末弊习,为当时大家。时人比之韩愈、欧阳修。著有《牧庵文集》。散曲纵意而发,语言浅近,笔调流畅,与卢挚齐名。现存小令二十九首,套数一篇。

【越调】凭栏人

寄征衣[1]

欲寄君衣君不还,不寄君衣君又寒。寄与不寄间,妾身千万难[2]。

✤注释

[1] 征衣:出门远行人的衣服。征,远行。

[2] 妾身:古时妇女自称。

【中吕】阳春曲[1]

笔头风月时时过[2],眼底儿曹渐渐多[3]。有人问我事如何?人海阔,无日不风波[4]。

✤注释

[1] 阳春曲:又名《喜春来》。

[2]“笔头”句：是说笔下常常描绘自然风光。指从事文学创作多年。笔头风月：犹“批风抹月”。元乔吉《绿么遍·自述》曲：“烟霞状元，江湖醉仙，笑谈便是编修院。留连，批风抹月四十年。”时时过：兼指创作的勤奋和时间的流逝。

[3]“眼底”句：是说眼前年轻一代渐渐成长起来了。眼底：眼前。儿曹：儿女辈，指后一代。

[4]“人海”二句：喻人世险恶，风波时起。苏轼诗：“万人如海一身藏。”

卢 挚

卢挚(1242—1315 后)，字处道，一字莘老；号疏斋，又号嵩翁。涿郡(今河北涿县)人。元世祖至元五年(1268)进士，官至翰林学士承旨。生平足迹遍及西北、两湖、江浙等地。诗文与刘因、姚燧齐名，世称“刘卢”、“姚卢”。散曲成就高于姚燧，影响也更大。内容多写闲情逸趣，风格清新婉丽，活泼天然。现存小令一百二十首，在前期作家中数量仅次于马致远。

【黄钟】节节高

题洞庭鹿角庙壁[1]

雨晴云散，满江明月。风微浪息，扁舟一叶[2]。半夜心，三生梦[3]，万里别。闷倚篷窗睡些[4]。

✤注释

[1] 洞庭鹿角庙：湖南岳阳市南五十里，洞庭湖畔有鹿角镇，鹿角庙当在其附近。

[2] 扁(piān)舟：小船。

[3] 三生梦：指人生如梦。三生，佛教语。指前生、今生、来生。唐牟融《送僧》诗：“三生尘梦醒，一锡衲衣轻。”三生，一作“三更”。

[4] 篷窗：船窗。

【南吕】金字经

宿邯郸驿[1]

梦中邯郸道[2]，又来走这遭。须不是山人索价高。时自嘲，虚名无处逃[3]。谁惊觉，晓霜侵鬓毛[4]。

✤ 注释

[1] 邯郸：今河北邯郸市。驿(yì)：驿馆，旅舍。

[2]“梦中”句：唐沈既济《枕中记》记载：唐开元年间有卢生在邯郸途中的旅店中遇见道士吕翁，吕翁给他一个枕头，卢生倚枕入梦，享尽数十年荣华富贵。一觉醒来，旅店主人煮的黄粱还没有熟。故事说明荣华富贵都属虚幻，转眼即空。

[3]“须不是”三句：是说并不是隐士抬高自己的身价，不愿出来做官，而是常常自嘲不能逃避世俗的虚名。即隐士虽能辞官逃身，却无处逃名。如南朝梁陶弘景虽然隐居，却有“山中宰相”之名。须不是：并非。须，却。

[4]“谁惊觉”二句：是说一旦有人从富贵浮名中惊醒过来，已年华老大，追悔莫及。晓霜：喻白发。

【双调】殿前欢

酒杯浓，一葫芦春色醉疏翁[1]，一葫芦酒压花梢重[2]。随我奚童[3]，葫芦干，兴不穷。谁人共？一带青山送。乘风列子，列子乘风[4]。

✤ 注释

[1] 葫芦：盛酒器。春色：指酒。疏翁：作者自称。

[2] 酒压花梢重：是说酒香熏得花枝也醉了，沉沉地垂下头来。

[3] 奚童：奴仆。

[4]“乘风”二句：形容喝醉后，飘飘欲仙的感觉。列子：名御寇，战国时道家。《庄子·逍遥游》：“夫列子御风而行，泠然善也。”《列子·黄帝篇》：“列子师老商氏，友伯高子，进二子之道，乘风而归。”

【双调】落梅风

别珠帘秀[1]

才欢悦，早间别[2]，痛煞俺好难割舍[3]。画船儿载将春去也[4]！空留下半江明月。

✤ 注释

[1] 珠帘秀：元代著名歌妓，很多元曲作家与她有交往。她对卢挚的这首赠曲，有酬答之作。见本书。

[2] 早：就，已经。间别：离别。

[3] 痛煞俺：一作“痛煞煞”。

[4] 载将：载着，载得。将，语助词。春：春色，比喻珠帘秀。

【正宫】黑漆弩[1]

晚泊采石矶，歌田不伐《黑漆弩》，因次其韵，寄蒋长卿佥司、刘芜湖巨川[2]。

湖南长忆嵩南住[3]，只怕失约了巢父[4]。舣归舟唤醒湖光[5]，听我篷窗春雨。故人倾倒襟期[6]，我亦载愁东去。记朝来黯别江滨[7]，又弭棹蛾眉晚处[8]。

✤ 注释

[1] 黑漆弩：原为词牌名，为散曲所借用。又名《鹦鹉曲》、《学士吟》。

[2] 采石矶：在安徽当涂县牛渚山北面，突出长江中。田不伐：即田为，宋代词人，精通音律，徽宗时曾任大晟府乐令。现存词六首，《黑漆弩》已佚。次韵：依原作用韵次序和作。蒋长卿、刘巨川：生平不详。

[3]“湖南”句：作者在元成宗元贞初年曾特派河南登封祭祀中岳嵩山，并留住嵩山，自号嵩翁。后又被派往湖南祭祀南岳衡山，随即出任湖南道肃政廉访使。此句即指这段经历。

[4] 巢父：传说尧时隐士，在树上筑巢而居，故名。尧把天下让给他，他不接

受。这里指代隐士。失约巢父：是指不能实现隐居的心愿。

[5] 舣（yǐ）：使船靠岸。

[6] 襟期：怀抱。

[7] 黯别：痛苦地离别。南朝梁江淹《别赋》："黯然销魂者，惟别而已矣。"黯，黯然，痛苦沮丧的样子。

[8] 弭（mǐ）棹：停船。弭，停止。棹，船桨。蛾眉：指新月。

【双调】沉醉东风

秋　景

挂绝壁松枯倒倚[1]，落残霞孤鹜齐飞[2]。四围不尽山，一望无穷水，散西风满天秋意。夜静云帆月影低，载我在潇湘画里[3]。

✤ 注释

[1] "挂绝壁"句：化用唐李白《蜀道难》诗："枯松倒挂倚绝壁。"

[2] "落残霞"句：化用唐王勃《滕王阁序》："落霞与孤鹜齐飞，秋水共长天一色。"鹜（wù），生长在水边的野鸭子。

[3] 潇湘：潇水和湘水，在湖南零陵县北合流，沿岸景色秀丽，诗人画家每多取材。宋代名画家宋迪画有"潇湘八景"，马致远也曾以《寿阳曲》写过"潇湘八景"。

【双调】沉醉东风

闲　居[1]

恰离了绿水青山那搭[2]，早来到竹篱茅舍人家。野花路畔开，村酒槽头榨[3]，直吃的欠欠答答[4]。醉了山童不劝咱，白发上黄花乱插[5]。

✤ 注释

[1] 此题共三首，这是第二首。

[2] 恰：刚刚。那搭：那边。

[3] 槽：酿酒器具，使酒缓缓流出。

[4] 欠欠答答：迷迷糊糊，胡里胡涂。亦作“虔虔答答”。元张国宾《合汗衫》第二折：“陈虎那厮奸奸诈诈，张孝友又虔虔答答。”

[5] “白发”句：唐杜牧《九日齐山登高》诗：“尘世难逢开口笑，菊花须插满头归。”黄花：菊花。

【双调】沉醉东风

重　九[1]

题红叶清流御沟[2]，赏黄花人醉歌楼。天长雁影稀，月落山容瘦，冷清清暮秋时候。衰柳寒蝉一片愁，谁肯教白衣送酒[3]？

✤ 注 释

[1] 重九：农历九月九日，即重阳节。

[2] “题红叶”句：唐宣宗时，卢渥到长安应考，偶然在御沟中流出的一片红叶上发现题着一首诗，他就珍藏起来。后来卢渥娶得宣宗所出宫女，正是当年红叶题诗之人。事见唐范摅《云溪友议》。这里是从红叶联想而及的佳话，点出时令。

[3] 白衣送酒：东晋诗人陶渊明于重阳节在宅边赏菊，无酒，坐了好一会，正好江州刺史王弘派了一个白衣仆人送酒来，他就喝了个痛快。见南朝宋檀道鸾《续晋阳秋》。

珠帘秀

珠帘秀，姓朱，排行第四，人称朱四姐，元代著名女演员。主要活动时期在至元、大德（1264—1307）年间。早年在大都（今北京市）演出，后南下江淮间。元夏庭芝《青楼集》说她“杂剧为当今独步，驾头、花旦、软末泥等，悉造其妙”。也善散曲，常与一些作家唱和。关汉卿、胡祗遹、卢挚、冯子振等都有赠曲。现存小令一首，套数一篇。

【双调】寿阳曲[1]

答卢疏斋[2]

山无数，烟万缕，憔悴煞玉堂人物[3]。倚篷窗一身儿活受苦，恨不得随大江东去[4]！

✤注释

[1] 寿阳曲：一名《落梅风》。

[2] 卢疏斋：即卢挚。卢挚赠珠帘秀曲见前。

[3] 玉堂人物：指文学之士。宋太宗在淳化年间，曾赐给翰林院“玉堂之署”的匾额，后因称翰林院为“玉堂”。卢挚曾任翰林学士承旨，又才华过人，因而这样指称。

[4]“倚篷窗”二句：是说倚着船窗想念知友，活活忍受着离别的痛苦，恨不得纵身东流的江水，以冲刷深长的离愁别恨。大江东去：用苏轼《念奴娇·赤壁怀古》成句。

刘敏中

刘敏中(1243—1318),字端甫,号中庵,济南章丘(今属山东)人。幼年即有文才,为同乡前辈杜仁杰所赏识。元世祖至元年间任监察御史,因弹劾奸臣未遂,便辞职归家。后又起为御史台都事,官至翰林承旨。卒谥文宪。著有《中庵集》。今存小令二首。

【正宫】黑漆弩

村居遣兴

高巾阔领深村住[1],不识我唤作伧父[2]。掩白沙翠竹柴门[3],听彻秋来夜雨。闲将得失思量,往事水流东去。便直教画却凌烟[4],甚是功名了处?

又

吾庐恰近江鸥住,更几个好事农父。对青山枕上诗成,一阵沙头风雨。酒旗只隔横塘,自过小桥沽去。尽疏狂不怕人嫌[5],是我生平喜处。

✤注释

[1] 高巾阔领:指平居便服。巾,头巾。古代平民戴的一种便帽。阔领,指阔领衣衫。

[2] 伧父:鄙贱的人。南北朝时,南方人讥骂北方人的话。这里指鄙野村夫。

[3] 白沙翠竹柴门:用唐杜甫《南邻》诗:“白沙翠竹江村暮,相送柴门月色新。”

[4] 便直教：亦作“便则道”、“便做到”。意谓即使、即便，多用于假设语气。画却凌烟：指功成名就。凌烟，即凌烟阁，唐代帝王为表彰功臣而建筑的高阁，阁中绘有功臣图像。唐太宗、代宗时都有绘画功臣图像于凌烟阁的事。

[5] 尽：一任，听凭。

陈草庵

陈草庵(1245—1320 后),字彦卿,号草庵,大都(今北京市)人。生平事迹不详。《录鬼簿》列为"前辈名公",称其为"中丞"。孙楷第《元曲家考略》认为即陈英。元张养浩《归田类稿》说他曾任监察御史、诸道宣抚、中丞等职。现存小令二十六首。

【中吕】山坡羊

叹 世[1]

晨鸡初叫,昏鸦争噪。那个不去红尘闹[2]?路迢迢,水迢迢,功名尽在长安道[3]。今日少年明日老。山,依旧好;人,憔悴了。

✤注释

[1] 原选缺题,据《全元散曲》补。为同题组曲二十六首之十六。

[2] 红尘:飞扬的尘土。指繁华热闹之地。

[3] 长安:汉唐都城,借指京城。

【中吕】山坡羊

叹 世[1]

渊明图醉[2],陈抟贪睡[3],此时人不解当时意[4]。志相违,事难随,由他醉者由他睡[5]。今朝世态非昨日。贤,也任你;愚,也任你[6]。

✤ 注 释

[1] 此曲《雍熙乐府》不注撰人，原选归无名氏。《全元散曲》据《梨园乐府》及《乐府群珠》，定为陈草庵作。今从改。按此首与前首“晨鸡初叫”俱属同题组曲，为二十六首之二十二。原选缺题，今补。

[2] 渊明图醉：是说陶渊明喜欢喝酒。他在任彭泽县令时，让公田都种高粱酿酒，说：“吾常得醉于酒足矣！”见南朝梁萧统《陶渊明传》。他自作《五柳先生传》也说：“性嗜酒，家贫不能常得。”

[3] 陈抟（tuán）贪睡：详见关汉卿《大德歌・秋》注[1]。

[4] 此时：现时，指元朝。一作“比时”，即近时，义相似。

[5]“志相违”三句：指元朝人的志趣与古人不同，也难以效法隐居高士的醉酒和酣睡之风。

[6]“今朝”三句：是说今非昔比，世态不同，任你醉生梦死，无从区分贤愚了。

奥敦周卿

奥敦周卿，亦作奥屯周卿，女真族人，生活于元初。至元六年(1269)，为怀孟路总管府判官，后历官侍御史、河北河南道提刑按察司佥事等。现存小令二首，套数一篇。

【双调】折桂令[1]

西湖烟水茫茫，百顷风潭，十里荷香[2]。宜雨宜晴，宜西施淡抹浓妆[3]。尾尾相衔画舫，尽欢声无日不笙簧[4]。春暖花香，岁稔时康[5]。真乃上有天堂，下有苏杭[6]。

✤ 注 释

[1]《乐府群珠》题作《咏西湖》，共两首，所选为第二首。

[2]“百顷风潭”二句：是说风吹过广阔的湖面，荷香传得很远。宋柳永《望海潮》词：“重湖叠巘清嘉，有三秋桂子，十里荷花。”百顷：一万亩。形容面积之大。

[3]“宜雨宜晴”二句：用宋苏轼《饮湖上初晴后雨》诗：“水光潋滟晴方好，山色空濛雨亦奇。欲把西湖比西子，淡妆浓抹总相宜。”

[4]尽：都是。笙簧：簧管乐器。这里泛指歌吹之声。

[5]岁稔(rěn)时康：年成丰收，天下太平。稔，庄稼成熟。

[6]上有天堂，下有苏杭：俗谚。其流传定式最早见于本曲。南宋初范成大《吴郡志》有“天上天堂，地下苏杭”之语，似为此语之本。

马致远

马致远(1250？—1324?)，号东篱，大都(今北京市)人。曾参加大都的元贞书会，被推为“曲状元”。后曾出任江浙行省务提举官。晚年退出官场，隐居杭州郊外。著有杂剧十五种，今存《汉宫秋》、《青衫泪》等七种。散曲有今人辑录的《东篱乐府》一卷，计小令一百零四首，套数十七篇。内容大多感慨世情，抒写对社会现实的不满，在愤激不平中夹杂有消极避世的思想。他扩大了散曲的题材，提高了散曲的意境，对散曲的发展起了重要的影响。作品风格豪放俊逸，语言本色流畅而又兼具诗词的骚雅，为后世文人所推重。

【双调】水仙子[1]

和卢疏斋西湖[2]

春风骄马五陵儿[3]，暖日西湖三月时，管弦触水莺花市[4]，不知音不到此。宜歌宜酒宜诗。山过雨颦眉黛[5]，柳拖烟堆鬓丝[6]，可喜杀睡足的西施！

✤ 注释

[1] 水仙子：又名《湘妃怨》、《凌波曲》、《凌波仙》。

[2] 卢疏斋：即卢挚，号疏斋，详见本书作者介绍。按，卢挚有《水仙子·西湖》组曲，依次分咏西湖春夏秋冬四景，结句都以西湖比西施。马致远亦依次步和四首，命意相似，但具体构思和风格有所不同。所选为第一首，写西湖春景。

[3] 五陵儿：指富贵官宦子弟。五陵，长安(今西安市)郊外五座汉代皇帝的陵墓，即长陵、安陵、阳陵、茂陵和平陵。向为豪富聚居之地。

[4] 管弦触水：音乐在湖上荡漾。管弦，管乐和弦乐，泛指音乐。莺花市：鸟

语花香、春意繁闹的地方。

[5] 山过雨颦(pín)眉黛：形容雨后的青山，好像西施颦眉那样娇媚动人。据说西施害心痛病时，皱着眉头，双手抚着胸口，姿态格外美。颦，皱眉。

[6] 柳拖烟堆鬓丝：形容飘拂如烟的垂柳，好像美人蓬松的鬓发那样柔美。

【双调】拨不断

叹寒儒，谩读书[1]。读书须索题桥柱，题柱虽乘驷马车，乘车谁买《长门赋》[2]？且看了长安回去！

✤ 注释

[1] 谩：徒然，空自。

[2] "读书"三句：汉司马相如贫贱时，从成都赴长安，路经城北升仙桥，在桥柱上题词说："不乘高车驷马，不过此桥！"须索：应该。《长门赋》：司马相如为汉武帝的陈皇后所作。传说陈皇后失宠后，住在长门宫内，她为了感悟汉武帝，就奉黄金百斤，请司马相如为她写《长门赋》，汉武帝读后果然感动，陈皇后也重新得到宠幸。这里是反其意而用之，指出如今乘高车驷马的达官显贵无人欣赏司马相如的文才，读书人碰不到这样的好运气。

【双调】拨不断

菊花开，正归来[1]。伴虎溪僧[2]、鹤林友[3]、龙山客[4]；似杜工部[5]、陶渊明、李太白；有洞庭柑[6]、东阳酒[7]、西湖蟹。哎，楚三闾休怪[8]！

✤ 注释

[1] "菊花"二句：暗用陶渊明辞官归隐时"松菊犹存"的典故。见《归去来辞》。

[2] 虎溪僧：指晋代庐山东林寺的高僧慧远。虎溪在东林寺前，据说慧远送

客从不过虎溪。一天他送诗人陶渊明、道士陆修静，边走边说，不觉过了虎溪，忽闻虎吼，三人便大笑而别。后人称为“虎溪三笑”。

[3] 鹤林友：指鹤林寺的高僧。鹤林寺在江苏镇江市丹徒县黄鹤山下。

[4] 龙山客：指晋代的孟嘉，曾为征西大将军桓温的参军。桓温在重阳节携宾客游龙山（在今湖北江陵县境内），忽然一阵风吹落孟嘉的帽子，他却不知道，桓温就令孙盛作文取笑他，孟嘉才思敏捷，即时作答，四座叹服。

[5] 杜工部：即唐代诗人杜甫，他曾为检校工部员外郎。

[6] 洞庭柑：指江苏太湖洞庭山所产的柑橘，皮薄味美，为当地名产。

[7] 东阳酒：又称金华酒，指浙江金华地区所产的酒，当时享有盛誉。

[8] 楚三闾：指楚国诗人屈原，他曾为三闾大夫。

【双调】拨不断

酒杯深，故人心[1]，相逢且莫推辞饮。君若歌时我慢斟，屈原清死由他恁[2]。醉和醒争甚？

✤ 注 释

[1]“酒杯”二句：化用前蜀韦庄《菩萨蛮》词：“珍重主人心，酒深情亦深。”酒杯深：指酒斟得很满。

[2] 清死：坚持清白的节操而死。由他恁：由他如此吧。恁，如此。

【双调】落梅风

远浦归帆[1]

夕阳下，酒旆闲[2]，两三航未曾着岸[3]。落花水香茅舍晚，断桥头卖鱼人散。

✤ 注 释

[1] 落梅风：又名《落梅引》、《寿阳曲》。作者曾用这个曲牌写了八首组曲，名《潇湘八景》，这是其中的第二首。远浦：远方江岸。归帆：一作“帆归”。

[2] 酒旆（pèi）：酒旗，即酒店门前招徕顾客的旗子。

[3] 航：船。

【双调】落梅风

心间事，说与他，动不动早言两罢[1]。罢字儿碜可可你道是在耍[2]，我心里怕那不怕？

✤ 注 释

[1] 早言：就说。两罢：犹言双方拉倒。这里指断绝爱情关系。

[2] 碜（chěn）可可：形容凄惨可怕的样子。可可，语助词。

【双调】落梅风

人初静，月正明。纱窗外玉梅斜映[1]。梅花笑人偏弄影，月沉时一般孤另[2]。

✤ 注 释

[1] 玉梅：白梅。

[2] 弄影：形容花影晃动的样子。弄，戏弄。宋张先《天仙子》词："云破月来花弄影。"孤另：即孤零。

【双调】落梅风

实心儿待，休做谎话儿猜。不信道为伊曾害[1]。害时节有谁曾见来？瞒不过主腰胸带[2]。

✤ 注 释

[1] 害：指害相思。

[2] 主腰胸带：又名抹胸，古代妇女束胸的一种紧身带。类似现代妇女的胸罩。这句是说女主人公因害相思而瘦损，只有贴身的胸带知道。

【双调】落梅风

蔷薇露，荷叶雨，菊花霜冷香庭户。梅梢月斜人影孤，恨薄情四时辜负[1]。

✤ 注释

[1] 薄情：指情人。因心有所怨，故称。四时辜负：辜负了四季美好的风光。按，前四句蔷薇、荷叶、菊花、梅梢，分别代表春夏秋冬四时景色。

【双调】落梅风

因他害，染病疾，相识每劝咱是好意[1]。相识若知咱就里[2]，和相识也一般憔悴[3]。

✤ 注释

[1] 相识每：朋友们。每，即"们"字。元人俗语。

[2] 就里：内中情由。

[3] 和：连。一般：一样，同样。

【越调】小桃红

春

画堂春暖绣帏重[1]，宝篆香微动[2]。此外虚名要何用？醉乡中，东风唤醒梨花梦。主人爱客，寻常迎送，鹦鹉在金笼。

✤ 注释

[1] 绣帏：绣花的帏幕。

[2] 宝篆香：指香烟缠绕有如篆形文字。

【南吕】金字经

絮飞飘白雪，鲊香荷叶风[1]。且向江头作钓翁。穷，男儿未济中[2]。风波梦，一场幻化中。

✤ 注释

[1] 鲊（zhǎ）：腌制的鱼。

[2] 未济：未成功，指功名未就。

【南吕】金字经

夜来西风里，九天雕鹗飞[1]。困煞中原一布衣[2]。悲，故人知未知？登楼意[3]，恨无上天梯。

✤ 注释

[1] 雕鹗：鹰类猛禽。比喻杰出人才。汉末孔融《荐祢衡表》："鸷鸟累百，不如一鹗。"

[2] 布衣：平民。

[3] 登楼意：指怀才不遇的感慨。汉末王粲遭乱流离，避难到荆州依刘表，久不受重视，于是作《登楼赋》，抒发去国离乡和抱负难展的悲愤。

【双调】折桂令

叹　世

咸阳百二山河[1]，两字功名，几阵干戈[2]。项废东吴[3]，刘兴西蜀[4]，梦说南柯[5]。韩信功兀的般证果[6]，蒯通言那里是风魔[7]？成也萧何，败也萧何[8]；醉了由他！

✤ 注 释

[1] 咸阳：秦国都城，故址在今陕西长安县的渭城故城。百二山河：指山河形势险固，利于攻守。《史记·高祖本纪》："秦，形胜之国，带山河之险，县（悬）隔千里，持戟百万，秦得百二焉。"是说秦国地势险要，只要二万兵力，就可以抵得上诸侯国一百万的兵力。

[2] 干戈：指战争。

[3] 项废东吴：项，指项羽。他起兵反秦，灭秦后自立为西楚霸王，但最后被刘邦围困在垓下（在今安徽灵璧县东南），兵败自刎于乌江（在今安徽和县东北）。他的失败和灭亡都是在今安徽境内，即古东吴之地。

[4] 刘兴西蜀：刘，指刘邦，即汉高祖。他曾封汉王，据有西蜀之地，充分利用人力物力，击败项羽，统一天下。

[5] 梦说南柯：唐李公佐《南柯记》记淳于棼梦入大槐安国，被国王招为驸马，任南柯太守，享尽荣华富贵。醒后才知道是一场白日梦。所谓槐安国也不过是老槐树下的一个蚁穴。这里是说刘项相争，楚汉兴亡也无异于南柯一梦。

[6] "韩信"句：韩信，汉初开国功臣，曾帮刘邦击败项羽，统一天下，后遭猜忌，被吕后用计杀害。兀的般：这般，如此。证果：佛家语，谓经长久精修，悟道有成。这里带有调侃意味，指下场、结果。

[7] "蒯通"句：蒯通，即蒯彻。后世因避汉武帝刘彻名讳而改。他曾劝韩信背汉自立，韩信不听，他怕事后受牵连，就假装疯癫。后来韩信被吕后擒斩，临刑时说："悔不听蒯彻之计，乃死于女子之手！"（见《史记·淮阴侯列传》）风魔：疯癫。

[8] "成也"二句：萧何，汉初开国功臣。他曾向刘邦荐举出身微贱的韩信为大将，当韩信功业显赫之时，他又向吕后献计除掉韩信。

【双调】拨不断

布衣中，问英雄：王图霸业成何用？禾黍高低六代宫，楸梧远近千官冢[1]。一场恶梦！

✤ 注释

[1]“禾黍”二句：唐许浑《金陵怀古》诗：“楸梧远近千官冢，禾黍高低六代宫。”此用其句，只是颠倒了一下语序。禾黍：《诗经·王风·黍离》小序说西周亡后，周大夫过故宗庙宫室之地，看见到处长着禾黍，感伤王都颠覆，而作此诗。这里是感慨王朝的兴亡。六代：即吴、东晋、南朝宋、齐、梁、陈六朝，均建都于建康（今江苏南京市）。楸梧：墓地上的树木。千官冢（zhǒng）：众多官员的坟墓。冢，坟墓。

【双调】拨不断

莫独狂[1]，祸难防。寻思乐毅非良将，直待齐邦扫地亡，火中一战几乎丧[2]。赶人休赶上[3]。

✤ 注释

[1] 独狂：自高自大，狂妄自信。

[2]“寻思”三句：乐（yuè）毅，战国时燕国上将，深得燕昭王的信任。他曾联合赵、楚、韩、魏四国，率联军进攻齐国，连下齐国七十余城。燕惠王即位后，听信了齐的反间计，撤换了乐毅，乐毅就投奔赵国。齐国将领田单用火牛阵大破燕军，收复了沦于燕国的七十余城。这里是说，乐毅虽然知兵善战，但做事不留余地，企图彻底消灭齐国，结果事与愿违，不但自己难以容身，连燕国也差点灭亡，所以他算不得真正的良将。

[3] 休赶上：即不可穷追不舍。

【双调】庆东原

叹 世

明月闲旌旆[1]，秋风助鼓鼙[2]，帐前滴尽英雄泪。楚歌四起，乌骓漫嘶，虞美人兮[3]！不如醉还醒，醒而醉。

✤ 注释

[1] 旌旆(pèi):旗帜。

[2] 鼓鼙(pí):战鼓。鼙,军中用的小鼓。

[3] "帐前"四句:写项羽被刘邦的汉军围困在垓下,兵少食尽,英雄末路的情景。《史记·项羽本纪》:"项王军壁垓下,兵少食尽,汉军及诸侯兵围之数重。夜闻汉军四面皆楚歌,项王乃大惊曰:'汉皆已得楚乎?是何楚人之多也!'项王则夜起,饮帐中。有美人名虞,常幸从;骏马名骓,常骑之。于是项王乃悲歌慷慨,自为诗曰:'力拔山兮气盖世,时不利兮骓不逝。骓不逝兮可奈何,虞兮虞兮奈若何!'歌数阕,美人和之。项王泣数行下,左右皆泣,莫能仰视。"

【双调】清江引

野 兴

樵夫觉来山月低[1],钓叟来寻觅。你把柴斧抛,我把鱼船弃。寻取个稳便处闲坐地[2]。

又

绿蓑衣紫罗袍谁为你?两件儿都无济[3]。便作钓鱼人,也在风波里[4]。则不如寻个稳便处闲坐地。

✤ 注释

[1] 觉来:醒来。

[2] 闲坐地:闲坐。地,语助词。

[3] "绿蓑"二句:绿蓑衣为渔翁所披,紫罗袍为高官所穿,这两者都是表示身份的外在之物,而不是真实的自我,因此都没有真正的价值。无济:无用,无价值。

[4] "便作"二句:宋范仲淹《江上渔者》诗:"江上往来人,但爱鲈鱼美。君看一叶舟,出没风波里。"此用其语意。便:即使。

【双调】清江引

林泉隐居谁到此，有客清风至[1]。会作山中相[2]，不管人间事。争甚么半张名利纸！

✤ 注释

[1]“有客”句：只有清风来到这里作客。

[2] 会：会当，应该。山中相：南朝梁陶弘景隐居句曲山（即茅山，在今江苏西南部），梁武帝多次礼聘，都不出山，国家每有大事，皇帝就派人前往咨询，当时称为“山中宰相”。这里借指高卧山中的隐士。

【双调】清江引

西村日长人事少，一个新蝉噪。恰待葵花开[1]，又早蜂儿闹。高枕上梦随蝶去了[2]。

✤ 注释

[1] 恰待：正当，刚要。

[2]“高枕”句：用庄子梦中化蝶典故。见王和卿《醉中天・咏大蝴蝶》注[2]。

【南吕】四块玉

酒旋沽[1]，鱼新买。满眼云山画图开，清风明月还诗债[2]。本是个懒散人，又无甚经济才[3]。归去来[4]！

✤ 注释

[1] 旋：不久，刚刚。沽：买。

[2]“清风”句：意谓清风明月触发诗兴，应当写诗以作报偿。

[3] 经济才：经世济民的才干。

[4] 归去来：犹言回家去吧。来，语气助词，无义。陶渊明有《归去来辞》，表明辞官归隐之意。

【南吕】四块玉

天台路[1]

采药童，乘鸾客[2]，怨感刘郎下天台。春风再到人何在？桃花又不见开[3]。命薄的穷秀才，谁教你回去来！

✤ 注 释

[1] 天台：山名，在今浙江天台县北。相传东汉永平年间，浙江剡县人刘晨、阮肇到天台山采药迷路，遇到两位仙女，被邀至家中，留住半年。刘、阮因思乡而求归，仙女乃指示归路，回乡则旧居零落，子孙已过七代。后重入天台山访仙女，则已踪迹渺茫。见南朝宋刘义庆《幽明录》。此曲即写此事。

[2] 乘鸾客：传说春秋时秦有萧史善吹箫，得到秦穆公之女弄玉的爱慕，结为夫妇。萧史教弄玉学箫作凤鸣声，后凤凰飞止其屋，夫妇俱乘凤凰升天而去。见汉刘向《列仙传》。因鸾凤同类，后世遂以“乘鸾”比喻成仙或得佳偶。这里指刘、阮遇仙而缔良缘。

[3] “春风”二句：相传唐代崔护清明郊游，至村居求饮。有一女郎持水至，含情脉脉，倚桃花而立。第二年清明再访，则门庭如故，人去室空。因题诗曰：“去年今日此门中，人面桃花相映红。人面不知何处去，桃花依旧笑春风。”见唐孟棨《本事诗》。这里绾合刘、阮重入天台访仙女事，写其失望怨悔之情。

【南吕】四块玉

马嵬坡[1]

睡海棠[2]，春将晚，恨不得明皇掌中看。《霓裳》便是中原患[3]。不因这玉环，引起那禄山，怎知蜀道难[4]？

✤ 注 释

[1] 马嵬（wéi）坡：参见白朴《醉中天》注[1]。

[2] 睡海棠：喻杨贵妃。有一次杨贵妃醉酒未醒，唐玄宗在沉香亭召见她，侍儿扶她前来，只见她鬓横钗乱，醉态妩媚，唐玄宗说她简直美得像一朵春睡未醒的海棠花。见宋乐史《杨太真外传》。

[3] "霓裳"句：霓裳，指《霓裳羽衣曲》，杨贵妃最善舞此曲。唐杜牧《题华清宫》诗："霓裳一曲千峰上，舞破中原始下来。"这句即用其意。

[4] "不因"三句：是说如果唐玄宗不是因为宠爱杨贵妃，沉湎美色，就不会引起安禄山反叛，也不会仓皇奔蜀，备尝蜀道的艰难险阻了。玉环：杨贵妃小字。

【南吕】四块玉

洞庭湖[1]

画不成，西施女[2]，他本倾城却倾吴[3]。高哉范蠡乘舟去，那里是泛五湖？若纶竿不钓鱼，便索他学楚大夫[4]。

✤ 注释

[1] 洞庭湖：此指太湖，古称五湖。此曲写范蠡携西施泛舟五湖事。传说越王勾践败于吴国后，命大夫范蠡在民间求得美女西施，献给吴王夫差。吴王迷恋西施美色，荒于国政，后被越国所亡。吴亡后，范蠡深知越王勾践为人可与共患难，不可与同安乐，又感到自己功高震主，如不急流勇退，将难以善终。于是改名鸱夷子皮，携西施泛舟五湖，离越而去。事见《吴越春秋》。

[2] "画不成"二句：形容西施风姿绝代，画笔难以传神。宋王安石《明妃曲》："意态由来画不成，当时枉杀毛延寿。"此借用其意。

[3] 倾城：《汉书·外戚传》引李延年歌："北方有佳人，绝世而独立。一顾倾人城，再顾倾人国。"形容绝色女子有倾覆国家、城市的力量。这里是指西施以美貌倾覆吴国。

[4] "那里"三句：是说范蠡并非消极的隐退，而是看破了最高统治者忌杀功臣的惯伎，如果他不急流勇退，便会同屈原那样不得善终。纶竿：钓竿。便索：就须，就要。

【南吕】四块玉

临邛市[1]

美貌娘，名家子[2]，自驾着个私奔车儿。汉相如便做文章士，爱他那一操儿琴，共他那两句儿诗[3]。也有改嫁时。

✤注释

[1] 临邛(qióng)市：今四川邛崃县。西汉临邛富商卓王孙，有女文君，美貌多才，性喜音乐，寡居在家。司马相如深相慕悦，因趁在卓家宴饮之机，以琴心挑之，文君心动，夜奔相如。相如家贫，无以为生，乃于临邛开设酒肆，文君当垆卖酒，相如则与佣人一道劳作。卓王孙恐其辱没门户，遂与钱百万。后相如因献《子虚》、《上林》赋，深得武帝赏识，用以为郎。卓王孙又与之交欢通好如初。事见《史记·司马相如列传》。

[2] 名家子：名门之女，指卓文君。

[3] "汉相如"三句：是说司马相如不过是一位文人，文君因爱他那一曲挑动心弦的琴技和那几句"凤求凰"的诗，就以身相许。便做：仅仅是，只不过。一操儿：犹言一曲。琴曲名操。两句儿诗：指司马相如不但以琴心挑动卓文君，还高吟《凤求凰》诗，有句云："凤兮凤兮归故乡，遨游四海求其凰。"

【南吕】四块玉

叹　世

带野花，携村酒，烦恼如何到心头。谁能跃马常食肉[1]？二顷田，一具牛[2]，饱后休。

又

佐国心[3]，拿云手[4]，命里无时莫刚求[5]，随时过遣休生受[6]。几叶绵，一片绸，暖后休[7]。

又

带月行，披星走，孤馆寒食故乡秋[8]，妻儿胖了咱消瘦。枕上忧，马上愁，死后休。

✤ 注释

[1] 跃马食肉：指富贵得志。《史记・蔡泽列传》："跃马疾驱，怀黄金之印，结紫绶于要(腰)，揖让人主之前，食肉富贵，四十三年足矣。"

[2] 二顷田：二百亩田。借指归隐。宋苏轼《赠王子直秀才》诗："二顷田应为鹤谋。"一具牛：一头牛。

[3] 佐国心：辅佐君王治国安邦之心。

[4] 拿云手：指远大的志向和非凡的才能。唐李贺《致酒行》："少年心事当拏云，谁念幽寒坐呜呃。"拏，同"拿"。

[5] 刚求：硬求，强求。

[6] 过遣：消遣，过活。生受：辛苦，为难。

[7] "几叶"三句：是说生活只要图个温饱就行了。绵、绸：指蔽体御寒的衣被之类。

[8] 寒食：节令名。在农历清明前一日或两日。相传起于春秋时晋文公为悼念自焚而死的功臣介之推，定于每年这一天全国禁止举火，只能吃冷食。后世相沿，就成寒食节。

【越调】天净沙

秋　思

枯藤老树昏鸦[1]，小桥流水人家，古道西风瘦马。夕阳西下，断肠人在天涯[2]。

✤ 注释

[1] 昏鸦：黄昏时归巢的乌鸦。

[2] 断肠人：指悲伤至极的孤客。

【双调】拨不断

立峰峦，脱簪冠[1]。夕阳倒影松阴乱，太液澄虚月影宽[2]，海风汗漫云霞断[3]。醉眠时小童休唤。

✤ **注释**

[1] 脱簪冠：脱下官帽。簪，插在头上用以固定发髻或冠帽的长针。

[2] 太液：皇家宫苑池名，面积广大。这里借指一般的湖泊。澄虚：澄清虚明。

[3] 汗漫：浩大的样子。

王伯成

王伯成，涿州（今河北涿县）人。生卒年不详，与马致远为忘年交。著有《天宝遗事诸宫调》，今存残篇；杂剧三种，今存《李太白贬夜郎》一种。散曲存小令二首，套数三篇。

【中吕】喜春来

别　情

多情去后香留枕[1]，好梦回时冷透衾[2]，闷愁山重海来深。独自寝，夜雨百年心[3]。

✤ **注释**

[1] 多情：指情人。

[2] 衾（qīn）：被子。

[3]“夜雨”句：是说听夜雨而引起对爱人的无穷思念。百年心：指终生刻骨的相思。百年，一生。唐杜甫《春日江村五首》之一：“乾坤万里眼，时序百年心。”

滕　宾

滕宾，一作滕斌，字玉霄，黄冈（今属湖北）人。元武宗至大年间任翰林应奉学士，出为江西儒学提举。后入天台山为道士。著有《玉霄集》。今存小令十五首。

【中吕】普天乐

叹光阴，如流水。区区终日[1]，枉用心机。辞是非，绝名利，笔砚诗书为活计[2]。乐齑盐稚子山妻[3]。茅舍数间，田园二顷，归去来兮[4]！

✤注释

[1] 区区：形容辛苦奔走。区，通“驱”。南唐伍乔《林居喜崔三博远至》诗：“几日区区在远程，晚烟林径喜相迎。”元杨显之《潇湘雨》第三折：“一自做朝臣，区区受苦辛。”

[2] 活计：生计。

[3] “乐齑盐”句：是说妻子和小孩都甘心过清苦的生活。齑（jī）：调味用的蒜、韭碎末。山妻：自称其妻的谦词。

[4] 田园二顷：见马致远《四块玉・叹世》注[2]。归去来兮：陶渊明《归去来辞》：“归去来兮，田园将芜胡不归！”这里借用其语，表示辞官归隐的决心。

李致远

李致远，生平不详。疑为江苏溧阳人（孙楷第《元曲家考略》）。元初仇远有《和李致远君深秀才》诗，谓："有才未遇政何损，知尔不荐终当羞。"（见《金渊集》卷二。据《元曲家考略》转引）倘即其人，则当名君深，致远为其字，生活于元初，有才而穷困不遇。著有杂剧《还牢末》。现存小令二十六首，套数四篇。《太和正音谱》称其词"如玉匣昆吾"，形容秀气内蕴，藏锋不露。

【中吕】红绣鞋

晚　秋

梦断陈王罗袜[1]，情伤学士琵琶[2]。又见西风换年华。数杯添泪酒[3]，几点送秋花。行人天一涯[4]。

✤注释

[1] 陈王：指三国魏曹植，封陈王。罗袜：曹植《洛神赋》："凌波微步，罗袜生尘。"这里指代美人。

[2] 学士琵琶：用唐白居易《琵琶行》事。白居易曾为翰林学士，谪居浔阳时，因感琵琶女的弹奏技艺和飘零身世而作《琵琶行》，有句云："同是天涯沦落人，相逢何必曾相识。""座中泣下谁最多，江州司马青衫湿。"故云"情伤"。

[3] 添泪酒：宋范仲淹《苏幕遮》词："酒入愁肠，化作相思泪。"

[4] 行人天一涯：《古诗十九首》之一："行行重行行，与君生别离。相去万余里，各在天一涯。"

【越调】天净沙

春　闺[1]

画楼徙倚栏杆[2]，粉云吹做修鬟[3]，璧月低悬玉弯[4]。落花懒慢[5]，罗衣特地春寒[6]。

✤ 注 释

[1]《乐府群玉》题作《春闺情》。

[2] 徙倚：徘徊，流连不去。

[3] 粉云：形容柳絮。这句写暮春纷飞的柳絮飘上楼头思妇的发鬟。

[4] 璧月：本指月圆如璧，这里作为月亮的美称。玉弯：指弯月。

[5] 懒慢：形容落花萎谢无力。

[6] 特地：特别，格外。

【越调】小桃红

碧　桃[1]

秾华不喜污天真[2]，玉瘦东风困。汉阙佳人足风韵[3]。唾成痕[4]，翠裙剪剪琼肌嫩[5]。高情厌春，玉容含恨[6]，不赚武陵人[7]。

✤ 注 释

[1] 碧桃：即千叶桃，花重瓣，白色或粉色，不结实。

[2] 秾华：繁盛的花朵。不喜污天真：暗喻所写的碧桃花为白色。

[3] 汉阙佳人：汉宫美人。指汉成帝皇后赵飞燕。这里借以比喻桃花的美丽风姿。阙，宫阙。

[4] 唾成痕：喻桃花似为美人的香唾所化。用赵飞燕唾花故事。汉伶玄《赵飞燕外传》："后（指皇后赵飞燕）与婕妤坐，后误唾婕妤袖。婕妤曰：'姊唾染人绀袖，正似石上华，假令尚方为之，未必能若此衣之华。'以为石华广袖。"宋苏轼《记梦回文二首》之一："乱点余花唾碧衫。"

[5]“翠裙”句：写翠绿的桃叶映衬得白玉似的桃花格外娇嫩。剪剪：整齐的样子。

[6]“高情”二句：写白色的碧桃花有高洁的情操，讨厌春天的繁华，不施脂粉，那美丽的花容蕴含着淡淡的哀怨。

[7]不赚武陵人：指不想招惹浮浪轻薄之徒来寻花问柳。赚：诱骗。武陵人：陶渊明《桃花源记》中写武陵渔人因捕鱼迷路，无意中进入桃花源。唐宋诗词和元曲中常把武陵渔人入桃源事与刘晨、阮肇入天台山采药逢仙女事牵合在一起，用作冶游、艳遇的典故。这里即以武陵人指代冶游猎艳之徒。

冯子振

冯子振(1257—1314),字海粟,号怪怪道人。攸州(今湖南攸县)人。曾任承事郎、集贤待制。行文敏捷,一挥万余言,为时辈所称。所作散曲豪放潇洒,多写闲适之情。现存小令四十四首,以《鹦鹉曲》最著名。

【正宫】鹦鹉曲

白无咎[1]有《鹦鹉曲》云:“侬家鹦鹉洲边住[2],是个不识字渔父。浪花中一叶扁舟,睡煞江南烟雨。觉来时满眼青山,抖擞绿蓑归去。算从前错怨天公,甚也有安排我处。”余壬寅岁留上京[3],有北京伶妇御园秀之属[4],相从风雪中,恨此曲无续之者,且谓前后多亲炙士大夫[5],拘于韵度,如第一个“父”字便难下语;又“甚也有安排我处”,“甚”字必须去声字,“我”字必须上声字,音律始谐,不然不可歌,此一节又难下语。诸公举酒,索余和之。以汴、吴、上都、天京风景试续之。

山亭逸兴

嵯峨峰顶移家住[6],是个不唧溜樵父[7]。烂柯时树老无花[8],叶叶枝枝风雨。故人曾唤我归来,却道不如休去。指门前万叠云山,是不费青蚨买处[9]。

感　事

江湖难比山林住,种果胜刺船父[10]。看春花又看秋花,不管颠风狂雨。尽人间白浪滔天，我自醉歌眠去。到中流手脚忙时，则靠着柴扉深处[11]。

野　客

春归不恋风光住，向老拙问讯槎父[12]。叹荏苒李白漂零，寂寞长安花雨[13]。指沧溟铁网珊瑚[14]，袖卷钓竿西去。锦袍空醉墨淋漓，是万古声名响处[15]。

✤注释

[1] 白无咎：即白贲，号无咎，钱塘（今浙江杭州市）人，元代散曲作家。他的《鹦鹉曲》当时很有名。

[2] 鹦鹉洲：在今湖北汉阳西南长江中。

[3] 壬寅岁：指元成宗大德六年（1302）。上京：即京城大都（今北京市）。下文"汴、吴、上都、天京"，汴指汴梁（今河南开封），吴指吴县（今江苏苏州），上都指开平（在今内蒙古自治区），天京即大都。

[4] 伶妇：女演员。御园秀：生平不详。

[5] 亲炙：亲近受教。

[6] 嵯峨：山势高峻的样子。

[7] 不唧溜：不伶俐，不精细。此句一作"旦暮见上下樵父"。

[8] 烂柯：传说晋代王质入山砍柴，见二童子在下棋。童子给他一颗枣核大的东西，含在嘴里就不觉得饥饿。不一会，一局棋下完，王质回头一看，砍柴的斧柄已经腐烂了。他回到家，原来已经过了一百年。见南朝梁任昉《述异记》。树老无花：指百年老树，不会开花了。

[9] "指门前"二句：是说门前青山，不用花钱买，尽可供自己欣赏。云山：一作"青山"。青蚨：传说中的虫名，形如蝉，生子必依草叶。取其子，母即飞来。如果用青蚨母虫和子虫的血分别涂在钱上，到市上买东西时，或付母钱，或付子钱，各自都能飞回。见晋干宝《搜神记》。后因以"青蚨"指代钱。

[10] "江湖"二句：是说江湖上的船夫不如山林里的果农。刺船：撑船。

[11] "到中流"二句：是说船夫到波涛汹涌的中流不免手忙脚乱，而果农则安

闲地靠着自家的柴门。柴扉：柴门。

[12] 老拙：作者自指。槎父：乘槎的人。槎，用竹木编成的小筏。神话传说天河与海相通，有人住在海边，曾乘木筏上天。见晋张华《博物志》。后常以“乘槎”喻入朝做官。这句指打听仕途消息。

[13]“荏苒”二句：是说像李白这样的天才诗人在京城也不得志，只落得个虚度年华，飘零寂寞。荏苒：指时光渐渐流逝。一作“匡山”（在四川江油县，李白早年读书处）。这里作者是以李白自喻，他于三十五岁进京，三十七岁为集贤院学士，四十一岁被斥离京。因而借古人自抒感慨。

[14] 沧溟：大海。铁网珊瑚：指用铁网收取海底的珊瑚。见《新唐书·拂菻国传》。

[15]“锦袍”二句：传说李白在长安时，曾受唐玄宗召见，命高力士脱靴，杨贵妃捧砚，乘醉草答蛮书。这里是说虽然锦袍上空留下酒痕墨迹，但不朽的声名可以万世流传。

刘　致

刘致（1258？—1335 后），字时中，号逋斋，石州宁乡（今山西平阳）人。因父任广州怀集令，流寓长沙。元成宗大德二年（1298）为翰林学士姚燧所赏识，荐为湖南宪府吏。后任永新州判，历翰林待制，出为浙江行省都事。卒，贫无以葬。钟嗣成《录鬼簿》称他为“前辈名公”。现存小令七十四首，套数四篇。按，另有一刘时中，与刘致字同，江西南昌人，为元后期散曲家。

【中吕】山坡羊

燕城述怀[1]

云山有意，轩裳无计[2]，被西风吹断功名泪。去来兮[3]，再休提！青山尽解招人醉[4]，得失到头皆物理[5]。得，他命里；失，咱命里。

✤ 注释

[1] 燕城：今北京城。

[2] 轩裳：古代卿大夫的车服。这里指功名利禄。

[3] 去来兮：即“归去来兮”，指辞官归家。

[4] 解：懂得。

[5] 物理：事物的常理。

【中吕】山坡羊

西湖醉歌次郭振卿韵[1]

朝朝琼树，家家朱户[2]，骄嘶过沽酒楼前路[3]。贵何如，贱何如？六桥都是径行处[4]，花落水流深院宇。闲，天定许[5]；忙，人自取。

✤ 注释

[1] 郭振卿：作者友人，生平不详。

[2] “朝朝”二句：指富贵人家歌舞之声不断。朝朝琼树：南朝陈后主宠爱贵妃张丽华，歌舞淫乐，其曲有《玉树后庭花》、《临春乐》等。其略云：“璧月夜夜满，琼树朝朝新。”见《南史·后妃传下·张贵妃》。朱户：朱门。指豪富之家。

[3] “骄嘶”句：宋俞国宝《风入松》词：“玉骢惯识西湖路，骄嘶过沽酒楼前。”此用其成句。

[4] 六桥：指西湖苏堤上的六座石拱桥，传说为宋代苏轼任杭州郡守时所建，名映波、锁澜、望山、压堤、东（束）浦、跨虹。

[5] 许：允许，赞许。

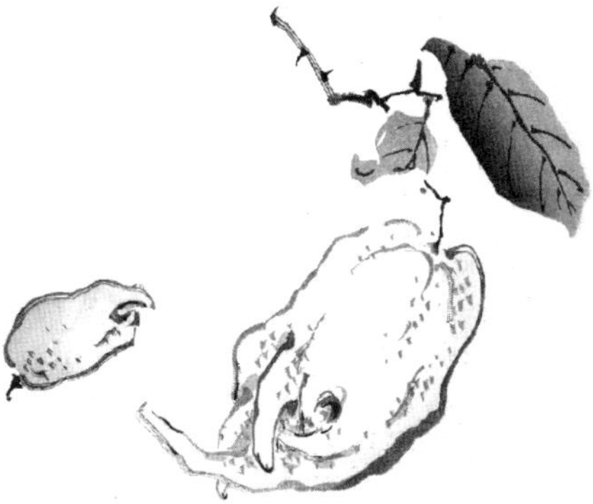

张养浩

张养浩(1269—1329),字希孟,号云庄,山东济南人。自幼聪明苦读,被荐为东平(今山东东平县)学正。武宗时,任监察御史,因直言敢谏,得罪权奸而罢官。仁宗即位,复起用,官至礼部尚书。英宗至治元年(1321)参议中书省事,因感仕途险恶,弃官归隐。文宗天历二年(1329),关中大旱,又被召为陕西行台中丞,全力治旱救灾,到官四月,即因劳累过度而死于任所。追封滨国公,谥文忠。著有《归田类稿》。散曲集名《云庄休居自适小乐府》,其中多为晚年归隐后所作,在抒写田园隐居生涯的同时,流露出对仕途风波的厌恶。此外还有一些关心民生疾苦之作,在元代散曲中较为难得。

【中吕】红绣鞋

警　世

才上马齐声儿喊道,只这的便是那送了人的根苗[1],直引到深坑里恰心焦[2]。祸来也何处躲,天怒也怎生饶,把旧来时威风不见了[3]。

又

正胶漆当思勇退[4],到参商才说归期[5],只恐范蠡张良笑人痴[6]。拼着胸登要路[7],睁着眼履危机[8],直到那其间谁救你?

✤ 注 释

[1]“才上马”二句：是说一做了官就威风凛凛，架子十足，这就种下了倒台的祸根。喊道：古代官员出行，前有衙役高声吆喝，使行人回避。这的：这个。

[2] 恰：才。

[3] 旧来时：从前。

[4] 胶漆：如胶似漆。比喻关系亲密，深得信任。勇退：指毅然引退。

[5] 参（shēn）商：二星宿名。参宿在西，商宿在东，此出彼没，永不相见。借以比喻双方隔绝或不和睦。

[6] 范蠡：春秋时越国大夫。张良：汉初开国功臣，封留侯。这两人都是功成不居，急流勇退的典型。

[7] 腆（tiǎn）：同“腆”，挺出。要路：喻显要的地位。《古诗十九首》之四：“何不策高足，先据要路津。”

[8]“睁着”句：是说明明有危机，却视而不见。危机：潜伏的祸端。唐刘禹锡《题欹器图》诗：“秦国功成思税驾，晋臣名遂叹危机。”

【中吕】山坡羊

潼关怀古[1]

峰峦如聚，波涛如怒，山河表里潼关路[2]。望西都[3]，意踌躇[4]。伤心秦汉经行处[5]，宫阙万间都做了土[6]。兴，百姓苦；亡，百姓苦！

✤ 注 释

[1] 潼关：旧址在今陕西潼关县东南，关隘在山腰，下临黄河，形势险要。为古都长安的门户，历来为兵家必争之地。

[2]“峰峦”三句：是说通向潼关的路上，群山聚集，波涛怒吼，关外有黄河，关内有华山，形势十分险要。表里：里外。

[3] 西都：指长安（今陕西西安市）。汉代以长安为西都，亦称西京。

[4] 意踌躇：内心思绪起伏。

[5]“伤心”句：是说一路上看到不少秦汉时代的遗迹，引起无限伤感。

[6] 宫阙（què）：宫殿。阙，宫门前两边供瞭望的高楼。

【双调】庆东原

鹤立花边玉，莺啼树杪弦[1]，喜沙鸥也解相留恋[2]。一个冲开锦川，一个啼残翠烟，一个飞上青天[3]。诗句欲成时，满地云撩乱。

✤ 注释

[1]“鹤立”二句：是说白鹤站在花边好像玉石一样洁白美丽，黄莺在树梢歌唱好像弹琴一样美妙动听。杪(miǎo)：树梢。

[2] 解：懂得。

[3]“一个”三句：分别写沙鸥、黄莺、白鹤的动态。冲开锦川：指沙鸥在美丽的河川中游泳；啼残翠烟，指黄莺在绿阴翠雾中不停地歌唱；飞上青天，指白鹤冲天而飞。杜甫《绝句》：“两个黄鹂鸣翠柳，一行白鹭上青天。”情景相似。

【双调】清江引

咏秋日海棠[1]

寂寞一枝三四花，弄色书窗下[2]。为着沉香迷，梦见马嵬怕[3]，且潜身住在居士家[4]。

✤ 注释

[1]《雍熙乐府》题作《秋意十阕》，此首和下一首分别为其七、其九，不注撰人。原选归于无名氏，题作《牡丹》。张养浩散曲集《云庄休居自适小乐府》收此曲，题作《咏秋日海棠》，共十一首，此首为其七，下首为其九。今从之。秋日海棠：即秋海棠，草本，秋季开花，一名“八月春”，与春季开花的木本海棠不同。此曲取其花名相同，而加以联想生发。

[2] 弄色：指秋海棠卖弄娇艳的姿色。

[3]“为着”二句：以杨贵妃喻海棠。沉香：指唐玄宗在沉香亭召见带醉意的杨贵妃，说她像春睡未醒的海棠。马嵬：指马嵬坡，杨贵妃自缢之处。详见马致远《四块玉·马嵬坡》注[1]、注[2]。

[4] 居士：隐士。作者自指。

【双调】清江引

咏秋日海棠

睡起不禁霜月苦[1]，篱菊休相妒[2]。恰与东君别，又被西风误，教他这粉蝶儿无去处[3]。

✤ 注 释

[1] 不禁霜月苦：指秋日开花的秋海棠难以禁受秋霜冷月的摧残。

[2] 篱菊休相妒：希望篱边的秋菊不要妒忌这可怜而娇弱的花朵。

[3] "恰与"三句：从蝴蝶的角度写秋海棠的悲剧命运。说蝴蝶儿刚告别了繁花盛开的春天，在秋天找到美丽的秋海棠，却又被无情的秋风给摧残了，这采花的蝴蝶也就没地方可去了。恰：刚刚。东君：春神，一作"东风"。

虞 集

虞集(1272—1348),字伯生,号道园,世称邵庵先生。祖籍四川仁寿,迁居江西崇仁。元成宗大德初年(1297)荐授大都路儒学教授,官至翰林直学士兼国子祭酒,奎章阁侍书学士。为元中叶最负盛名的文学家,与杨载、揭傒斯、范梈并称“元诗四大家”。著有《道园学古录》、《道园遗稿》。散曲仅存一首。

【双调】折桂令

席上偶谈蜀汉事,因赋短柱体[1]

鸾舆三顾茅庐[2]。汉祚难扶[3]。日暮桑榆,深渡南泸[4]。长驱西蜀,力拒东吴。美乎周瑜妙术,悲夫关羽云殂[5]。天数盈虚,造物乘除[6]。问汝何如?早赋归欤[7]!

✤ 注 释

[1] 短柱体:词曲中俳体的一种,两字一韵,每句两韵至三韵。

[2] 鸾舆三顾茅庐:指刘备三次到襄阳(今属湖北)隆中去访聘诸葛亮事。鸾舆:皇帝车驾。指代皇帝。刘备三顾茅庐时还没有做皇帝,这里是以后来的地位称呼他。

[3] 汉祚难扶:指蜀汉政权难以维持。祚,皇位。

[4] “日暮”二句:指诸葛亮晚年率军南征,平息南中诸郡叛乱事。桑榆:古人谓傍晚太阳沉落在桑树和榆树之间,因以桑榆比喻晚年。泸:泸水,今金沙江。

[5] “长驱”四句:概述魏蜀吴三国鼎立形势。建安十三年(208),曹操率军南下,诸葛亮说服孙权联合抗曹,以周瑜为统帅,在赤壁(今湖北武昌西赤矶山)用火

攻大败曹军。嗣后，刘备留关羽守荆州。自己和诸葛亮带兵入蜀，取得益州、汉中等地，建立了蜀汉政权，形成三国鼎立的局面。后因关羽骄傲自大，违背了诸葛亮联吴抗曹的策略，与东吴交战，结果兵败被杀，荆州也落入东吴手中。周瑜妙术：指周瑜火攻曹军之计。云殂：死亡。云，语助词。

[6]“天数”二句：指国运的兴亡都是命中注定的。大数：天命。造物：指创造万物的神灵。盈虚、乘除：都是指消长变化。

[7]早赋归欤：指趁早归隐。陶渊明《归去来辞》序中说他做彭泽（今江西湖口县）令，到任几天，就“眷然有归欤之情”。归欤：归家吧。欤，语助词。

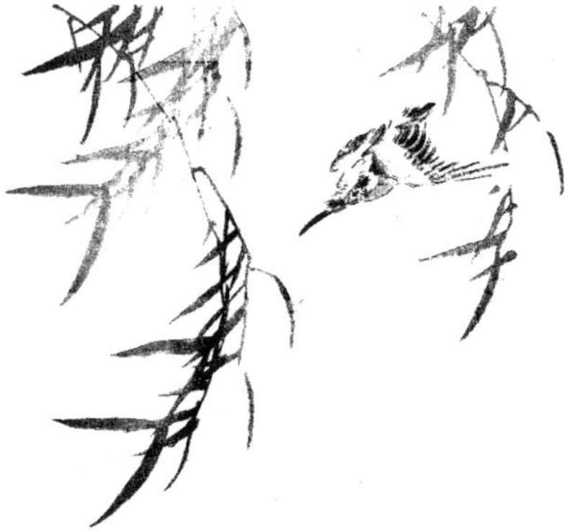

乔 吉

乔吉(1280—1345),字梦符(或作孟符),号笙鹤翁,又号惺惺道人,山西太原人。终身不仕,流寓杭州,以词曲称重于时。著杂剧十一种,今存《两世姻缘》、《扬州梦》、《金钱记》三种,都是爱情喜剧,以词采华美著称。尤致力于散曲创作,风格清丽芊眠,亦有奇警之作。后人辑有《惺惺道人乐府》、《文湖州集词》、《乔梦符小令》三种。现存小令二百零九首,套数十一篇,仅次于张可久。

【双调】水仙子

游越福王府[1]

笙歌梦断蒺藜沙,罗绮香余野菜花[2],乱云老树夕阳下。燕休寻王谢家[3],恨兴亡怒煞些鸣蛙。铺锦池埋荒甃[4],流杯亭堆破瓦[5],何处也繁华?

✤注 释

[1]越福王府:福王赵与芮,南宋理宗赵昀(初名与莒)的弟弟。理宗即位,追封其父为荣王,以与芮袭封,度宗时改封福王。德祐二年(1276),元军攻陷临安,赵与芮亦随三宫被掳北去,不久去世,年七十余。他的福王府第旧址在今浙江绍兴市蕺山南面。

[2]"笙歌"二句:是说当年歌舞之地,而今已遍生荆棘;歌女们罗衣的余香也化作了眼前丛丛的野菜花。蒺藜:草名,生于沙地,布地蔓生,有刺。罗绮:丝织品。指丝绸衣服。

[3]"燕休寻"句:唐刘禹锡《乌衣巷》诗:"旧时王谢堂前燕,飞入寻常百姓家。"王谢:指东晋时王导、谢安等高门望族。后因指富贵豪门。

[4] 铺锦池：指当年繁花似锦的池苑。埋荒甃（zhòu）：被倒坍的砖块所掩埋。甃，砖。

[5] 流杯亭：引水筑亭，宾客列坐水旁，水上放置酒杯，杯随水流动，如停在谁面前，谁当即取饮，称为流杯，又称流觞。

【双调】水仙子

赋李仁仲懒慢斋[1]

闹排场经过乐回闲[2]，勤政堂辞别撒会懒[3]，急喉咙倒唤学些慢[4]。掇梯儿休上竿[5]，梦魂中识破邯郸[6]。昨日强如今日，这番险似那番，君不见鸟倦知还[7]？

✤ 注 释

[1] 李仁仲：不详。懒慢斋，是他的居室名号。

[2] “闹排场”句：指经历过热闹的大场面后，要舒舒坦坦地享一次清闲之福了。

[3] “勤政堂”句：指辞别了巴巴结结的官场后，该懒散一会了。勤政堂：唐玄宗曾在长安兴庆宫建勤政楼。这里指官员每天办公的场所。

[4] 急喉咙：喻急性子。唤：一作“换”。

[5] “掇梯”句：喻不想往上爬。掇（duō）梯：双手拿起梯子。

[6] “梦魂”句：指觉悟到功名富贵都是虚幻之物。用唐沈既济《枕中记》事。见卢挚《金字经·宿邯郸驿》注[2]。

[7] 鸟倦知还：用陶渊明《归去来辞》：“云无心以出岫，鸟倦飞而知还。”

【双调】水仙子

嘲少年

纸糊锹轻吉列枉折尖[1]，肉膘胶干支刺有甚粘[2]，醋葫芦嘴古邦佯装欠[3]。接梢儿虽是谄[4]，抱牛腰只怕伤廉[5]。性儿神羊也似善[6]，口儿蜜钵也似甜，火块儿也似情忺[7]。

✤ 注释

[1] 轻吉列：一作“轻乞列”，形容很轻。吉列，语助词。这句是说纸糊的锹轻飘飘的不中用。

[2] 膘胶：即鳔胶，用鱼鳔（鱼泡）做的胶，粘物很牢，俗称鱼胶。肉膘胶，指用干肉做的胶，不能粘物。干支剌（lā）：形容干枯。支剌，语助词。

[3] 嘴古邦：噘着嘴。古邦，亦作“古都”、“咕嘟”、“卢都”，噘着嘴的样子。装欠：装傻。欠，痴呆。

[4] 接梢儿：接过话茬儿，搭腔。谄：奉承，拍马。

[5] 抱牛腰：喻巴结权贵。牛腰，粗腰。指财大气粗，有权有势的人。

[6] 神羊：即獬豸，传说中的神兽。形状如羊，独角，性善良，专触邪恶不正之人。

[7] 情忺（xiān）：热情。忺，兴奋。

【双调】水仙子

展转秋思京门赋[1]

琐窗风雨古今情[2]，梦绕云山十二层，香销烛暗人初定。酒醒时愁未醒，三般儿挨不到天明：𩨷地罗帏静，森地鸳被冷，忽地心疼[3]。

✤ 注释

[1] 展转：同“辗转”，形容心绪不宁，不能入睡。京门：指京都。

[2] 琐窗：镂刻着连环花纹的窗棂。

[3] “𩨷地”三句：写夜来失眠的寂寞凄清和内心痛苦。𩨷（chán）地：亦作“划地”、“刬地”。忽然地、平白无故地之意。“森地”、“忽地”二词意相似。罗帏：用丝织品做成的帏帐。鸳被：绣有鸳鸯的被子。

【双调】水仙子

寻　梅

冬前冬后几村庄，溪北溪南两履霜[1]，树头树底孤山上[2]。冷风来何处香？忽相逢缟袂绡裳[3]。酒醒寒惊梦，笛凄春断肠[4]，淡月昏黄[5]。

✤ 注释

[1] 两履霜：双脚踏遍了冰霜。

[2] 孤山：在杭州西湖中，处于里、外湖之间，一屿耸立，旁无联附，故名。宋代诗人林逋曾隐居于此，植梅养鹤，后成为赏梅胜地。

[3] 缟袂绡裳：白色的丝绸衣裳。缟，白绢。袂，袖子。绡，薄绸。这里以缟袂绡裳指白衣女子。比喻冰清玉洁的梅花。暗用赵师雄罗浮遇梅花仙子事。隋代开皇年间，赵师雄贬官岭南，在罗浮山（广东增城县东）客舍与一位白衣美人共饮，又有一绿衣童子歌舞劝酒。赵师雄酒醉入睡，一觉醒来，月落星横，东方将白，发觉自己躺在一株大梅花树下，树上有翠鸟在鸣叫，心中惘然若失。见旧题柳宗元《龙城录》。下句“酒醒寒惊梦”亦用此事。

[4] “笛凄”句：是说听到凄清的笛声，想到春天过后梅花落尽，不禁伤感起来。古笛曲有《梅花落》。李白《与史郎中钦听黄鹤楼上吹笛》诗：“黄鹤楼中吹玉笛，江城五月落梅花。”

[5] 淡月昏黄：黄昏月上的时候，梅花显得更有风韵。化用林逋咏梅名句：“暗香浮动月黄昏。”

【双调】水仙子

暮春即事

风吹丝雨噀窗纱[1]，苔和酥泥葬落花[2]，卷云钩月帘初挂。玉钗香径滑[3]，燕藏春衔向谁家[4]？莺老羞寻伴，蜂寒懒报衙[5]，啼煞饥鸦。

✤ 注释

[1] 噀（xùn）：喷。

[2] 酥泥：松软的泥土。

[3] 玉钗：女子的首饰，这里指代美女。

[4]“燕藏”句：是说衔春泥的燕子不知飞向谁家筑巢。

[5]“蜂寒”句：蜂群每天早晚两次聚集，有如旧时官府打鼓升堂，开衙治事，故称蜂衙。这里是说春寒花落，蜂群也不出来采花了。

【双调】水仙子

为友人作[1]

搅柔肠离恨病相兼，重聚首佳期卦怎占[2]，豫章城开了座相思店[3]。闷勾肆儿逐日添[4]，愁行货顿塌在眉尖[5]。税钱比茶船上欠，斤两去等秤上掂[6]，吃紧的历册般拘钤[7]。

✤ 注释

[1] 这是一首因友人陷入相思苦恼而作的小令，充满了善意而风趣的调侃。

[2]“重聚首”句：是说盼望与情人重新相会的日期难以预卜。

[3]“豫章城”句：用双渐与苏卿的故事，宋元时流传甚广。妓女苏卿与书生双渐相爱，双渐外出求官，久而不还，苏卿被鸨母卖给江西茶商冯魁。后双渐状元及第，到处寻访苏卿，船至金山寺，见苏卿在寺壁留下的诗句，连夜赶到临安，终于与苏卿结为夫妇。见《永乐大典》卷二四〇五苏字韵。元无名氏有《赶苏卿》、《豫章城人月两团圆》杂剧（宋元戏文及王实甫均有《苏小卿月夜泛茶船》杂剧）。豫章城：今江西南昌市，故事的发生地。

[4] 闷勾肆儿：卖愁闷的场所。勾肆，宋元时伎艺人卖艺的场所。这句是比喻相思的愁闷与日俱增。

[5] 愁行（háng）货：使人犯愁的货色。行货，商品、货物。顿塌：堆积。这句是比喻因害相思而终日愁眉不展。

[6]“税钱”二句：是说大量的相思税债比之贩茶船所交纳的茶税可能要少一点，但到底少几分几厘，只能用等秤来称才知道。欠：少。等秤：即“戥秤”，一种测定贵重物品或药品重量的微型杆秤，最大单位是两，小到钱和分。按，元代茶税很重，而且与时俱增。元世祖至元十三年（1276），年征茶税一千二百锭，至仁宗延祐七年（1320），竟增至二十八万九千二百一十一锭，四十余年中增加了二百四十余倍（见《元史·食货志·茶法》）。这里是以相思税和繁重的茶税相

较，表明相差无几，极言相思痛苦之深重。

[7]“吃紧”句：是说深受相思税债的重压，而日历上偿还交纳的日期又一天天逼近，弄得手足无措，身心都不自由。历册：即历本、历书。拘钤（qián）：拘束，限制。这是形容相思之苦把人折磨得惶惶不可终日。

【双调】水仙子

怨风情[1]

眼前花怎得接连枝[2]，眉上锁新教配钥匙[3]，描笔儿勾销了伤春事[4]。闷葫芦铰断线儿[5]，锦鸳鸯别对了个雄雌[6]。野蜂儿难寻觅[7]，蝎虎儿干害死[8]，蚕蛹儿毕罢了相思[9]。

✤注释

[1] 这是一首描写失恋女子愁怨之情的小令。风情：恋情。

[2] 连枝：连理枝。

[3]“眉上”句：是说失恋的人双眉紧锁，而开锁的钥匙已被恋人带走，要新配钥匙才能打开。

[4]“描笔”句：是说描花之笔抹掉了使人伤感的旧日恋情。描笔：画笔。勾销：抹掉。

[5]“闷葫芦”句：指猜不透情人为何中途变卦。闷葫芦：闷葫芦罐儿，不知其中藏着什么东西，比喻不可解的哑谜。铰断线儿：指系葫芦盖的线索被铰断，难以打开了。

[6]“锦鸳鸯”句：是说情人已有新欢。别对：另行配对。

[7] 野蜂儿：比喻到处追逐女色的男子。

[8] 蝎虎儿：即壁虎，又名守宫。古代传说用朱砂喂养壁虎，使它全身变成红色。然后捣烂，涂点在女子的肢体上，如果不与男人交媾，则终身不灭，否则就会退掉。见晋张华《博物志》。这句比喻女子白白为爱情作牺牲。

[9]“蚕蛹”句：是说女子因绝望而不再相思，就像蚕儿已变成蛹，丝已吐尽了。“丝”与相思的“思”谐音双关。毕罢了：了结，终止。

【双调】水仙子

咏　雪

冷无香柳絮扑将来[1]，冻成片梨花拂不开[2]，大灰泥漫不了三千界[3]。银棱了东大海[4]，探梅的心禁难挨[5]。面瓮儿里袁安舍，盐罐儿里党尉宅，粉缸儿里舞榭歌台[6]。

✤ 注释

[1]“冷无”句：以柳絮比喻雪花。东晋才女谢道韫以风中柳絮比喻纷飞的大雪，为叔父谢安所赏识。见《世说新语·言语》。

[2]“冻成”句：以梨花喻雪花。唐岑参《白雪歌送武判官归京》：“忽如一夜春风来，千树万树梨花开。”

[3] 大灰泥：指大风扬起的尘沙。三千界：即佛家所说小千世界、中千世界和大千世界的总称。一千个现世合为一小千世界；一千个小千世界合为一中千世界；一千个中千世界合为一大千世界。这句是说大雪纷纷扬扬，如风中的尘沙，差点把无际的三千界都漫盖住了。漫不了：一作“漫了”。

[4]“银棱”句：是说大雪把东洋大海冻成一片银白。棱：寒冷的样子。南朝宋鲍照《芜城赋》：“棱棱霜气，蔌蔌风威。”

[5] 心禁难挨：形容冷气直透内心，使人难以禁受。禁，通“噤”。因受寒而颤抖。

[6]“面瓮”三句：东汉贫士袁安，大雪中高卧不出，差点饿死在家。洛阳县令问他为什么不外出求食，他说：“大雪天，别人都缺少食物，我不应该去麻烦人家。”见《后汉书·袁安传》。党尉：指北宋太尉党进。他的一个家姬后来卖给陶穀为妾。一次，陶穀用雪水烹茶，问妾：“党太尉大概没有这样的雅致吧？”妾回答说：“他是粗人，自然不懂雅兴；只能在销金暖帐下，让美女陪着浅斟低唱，畅饮羊羔美酒御寒罢了。”见宋皇都风月主人《绿窗新话》。面瓮儿：盛面粉的瓮。形容被洁白的大雪所埋藏。盐罐儿、粉缸儿，与此意思相同。这几句是说大雪不管贫寒之家与高门大户一概加以覆盖，白茫茫一片，难以辨别。

【双调】水仙子

嘲楚仪[1]

顺毛儿扑撒翠鸾雏[2]，暖水儿温存比目鱼[3]，碎砖儿垒就阳台路。望朝云思暮雨，楚巫娥偷取些工夫[4]。殢酒人归未[5]，停歌月上初。今夜何如？

✤ **注释**

[1] 楚仪：姓李，元代扬州著名歌妓。乔吉与她交往颇多，赠她的散曲今存六首。这是一首以调笑笔调写妓女生活的小令，是熟人之间的游戏笔墨。

[2]“顺毛”句：是说楚仪接受情人的爱抚。顺毛儿扑撒：顺着毛抚摩。比喻对女性的温存爱抚。扑撒，抚摩。乔吉《扬州梦》第二折：“顺毛儿扑撒上翠鸾丹凤，恣情的受用足玉暖香融。”翠鸾雏：比喻年轻漂亮的女子。这里指楚仪。

[3]“暖水”句：比喻楚仪与情人形影不离。比目鱼：即“鲽”。古人以为此鱼一目，须两两相并，始能游行。常用以比喻夫妻形影不离。

[4]“碎砖儿”三句：是说楚仪过着与男人交欢的妓女生涯，但她的这种欢娱是短暂的，没有保障的。宋玉《高唐赋》写楚王梦见巫山神女，与她交欢，神女自称：“旦为行云，暮为行雨，朝朝暮暮，阳台之下。”后因以“阳台”、“云雨”指男女交合。碎砖儿垒就：比喻不牢固。楚巫娥：指巫山神女。这里指代李楚仪，关合其名字。

[5] 殢（tì）酒：醉酒，为酒所困。

【双调】水仙子

乐清箫台[1]

枕苍龙云卧品清箫[2]，跨白鹿春酣醉碧桃[3]，唤青猿夜拆烧丹灶[4]。二千年琼树老[5]，飞来海上仙鹤。纱巾岸天风细，玉笙吹山月高，谁识王乔[6]？

✤ 注释

[1] 乐清箫台：箫台山，在浙江乐清县西南十五里，一名玉箫峰。相传为仙人王子晋吹箫之所。山麓有沐箫泉。

[2]“枕苍龙”句：是说仙人头枕苍龙，高卧云中，悠闲地吹着箫。

[3]“跨白鹿”句：是说仙人骑着白鹿去赴宴吃仙桃。古人以为鹿有千岁之寿，满五百岁就通身变白，称为白鹿。故传说中仙人常骑白鹿。唐王昌龄《就道士问周易参同契》诗：“仙人骑白鹿，发短耳何长。”

[4]“唤青猿”句：是说仙丹已经炼成，吩咐青猿连夜把烧丹的灶拆除。

[5] 琼树：神话传说中的仙树，能长出美玉的果实。

[6]“飞来”四句：用仙人王子乔故事。旧题汉刘向《列仙传·王子乔》：“王子乔者，周灵王太子晋也。好吹笙作凤凰鸣。游伊、洛之间，道士浮丘公接以上嵩高山。三十余年后，求之于山上，见恒良曰：‘告我家，七月七日待我于缑氏山头。’至时，果乘白鹤驻山头。望之不得到，举手谢时人，数日而去。” 纱巾岸：指把头巾推起，露出前额。形容简率不拘。岸，露额。

【双调】折桂令

寄 远[1]

怎生来宽掩了裙儿？为玉削肌肤，香褪腰肢[2]。饭不沾匙，睡如翻饼，气若游丝[3]。得受用遮莫害死[4]，果诚实有甚推辞[5]？干闹了多时[6]，本是结发的欢娱，倒做了彻骨儿相思[7]。

✤ 注释

[1] 寄远：一本作《春怨》，又作《相思》。

[2]“怎生”三句：是说因为人消瘦了，所以原来合身的裙子显得宽松了。宽掩：一本作“宽褪”。香褪：一本作“香瘦”。

[3]“饭不”三句：是说吃不下饭，睡不好觉，身体虚弱不堪。睡如翻饼：形容辗转反侧，不能成眠。游丝：空中飘荡的蛛丝。这里比喻气息微弱。

[4]“得受用”句：是说如果能享受婚姻的幸福，即使因此而死也心甘情愿。

受用：享受，好处。遮莫：即使，任凭。

[5]“果诚实”句：是说如果对方确实真心相爱，那么要我为爱情而献身也毫不推辞。诚实：指至诚相爱。

[6] 干闹：白白地折腾。指没有享受到真正的爱情幸福。

[7]“本是”二句：是说本来是结发夫妻，却因丈夫远出不归而独守空房，不但得不到婚姻的欢乐，反而忍受着相思的痛苦。

【双调】折桂令

赠罗真真[1]

罗浮梦里真仙[2]，双锁螺鬟[3]，九晕珠钿[4]。晴柳纤柔[5]，春葱细腻[6]，秋藕匀圆[7]。酒盏儿里央及出些腼腆[8]，画帧儿上唤下来的婵娟[9]。试问尊前，月落参横[10]，今夕何年[11]？

✤ 注 释

[1] 罗真真：元代歌妓，生平不详。

[2]“罗浮”句：用赵师雄罗浮遇梅花仙子事。详见作者《水仙子·寻梅》注[3]。

[3] 螺鬟：螺壳状的发髻。

[4] 九晕：形容光彩多样。九，言其多。晕，光彩。珠钿：女子首饰。

[5]“晴柳”句：形容女子的腰肢纤细灵活。

[6]“春葱”句：形容女子的手指细长嫩滑。

[7]“秋藕”句：形容女子的手臂圆润均匀。

[8]“酒盏”句：是说罗真真仪态大方，只有喝了酒后脸上泛出红晕，才仿佛有点害羞样子。央及：请求，托付。腼腆：害羞的样子。

[9] 画帧：装裱过的画幅。帧，同“帧”。婵娟：美好的样子。这里是形容罗真真如画上的美女。唤下：一作“换下”。

[10] 月落参横：形容夜深。参(shēn)横，参星已落。这里是借用《龙城录》成句：“久之，东方已白，师雄起视，乃在梅花树下，上有翠羽啾嘈相顾，月落参横，

但惆怅而已。”参见作者《水仙子·寻梅》注[3]。

[11] 今夕何年：《诗经·唐风·绸缪》：“今夕何夕，见此良人。”苏轼《水调歌头》：“不知天上宫阙，今夕是何年？”这里兼用其语意，谓如此良夜，得遇如此佳人，快慰之至。

【双调】折桂令

七夕赠歌者[1]

崔徽休写丹青[2]，雨弱云娇，水秀山明[3]。箸点歌唇[4]，葱枝纤手[5]，好个卿卿[6]。水洒不着春妆整整[7]，风吹的倒玉立亭亭[8]。浅醉微醒，谁伴云屏[9]？今夜新凉，卧看双星[10]。

又

黄四娘沽酒当垆[11]，一片青旗，一曲骊珠[12]。滴露和云，添花补柳，梳洗工夫[13]。无半点闲愁去处，问三生醉梦何如[14]。笑倩谁扶[15]，又被春纤[16]，搅住吟须[17]。

✤ 注释

[1] 七夕：农历七月初七之夜。相传牛郎织女此夜相会于天河。歌者：这里指歌女。

[2] 崔徽：唐代歌女，长得很美，与裴敬中相恋，分别后日夜思念，画了自己的一幅肖像寄给裴，不久抱恨而死。见元稹《崔徽歌》并序。丹青：图画。这句形容歌女之美使崔徽也感到不如，不再画肖像了。

[3] “雨弱”二句：形容歌女风姿娇弱，眉眼明秀。

[4] “箸点”句：形容歌女的小嘴只有筷子头那么点儿。箸（zhù），筷子。

[5] “葱枝”句：形容歌女的手指像葱苗那样纤细白嫩。

[6] 卿卿：对亲爱者的昵称。

[7] “水洒”句：形容歌女穿着整齐漂亮，无可挑剔。

[8]“风吹”句：形容歌女体态轻盈，弱不禁风。玉立亭亭：美好耸立的样子。

[9]“浅醉”句：是说酒醒后，感到孤眠寂寞。唐李商隐《为有》诗：“为有云屏无限娇，凤城寒尽怕春宵。”此化用其意。云屏，镶嵌着云母的屏风。

[10]“今夜”二句：化用唐杜牧《秋夕》诗：“天阶夜色凉如水，卧看牵牛织女星。”双星：即指牛郎、织女星。

[11]黄四娘：唐杜甫《江畔独步寻花七绝句》之六：“黄四娘家花满蹊，千朵万朵压枝低。”这里借指当垆卖酒的美貌女子。垆，酒店里安放酒瓮的土台。借指酒店。

[12]“一片”二句：是说这女子不仅卖酒，还能以美妙的歌声为客人助兴。青旗：即酒帘，酒招子。骊珠：传说出于骊龙颔下的宝珠。这里是形容歌声珠圆玉润，十分动人。

[13]“滴露”三句：形容女子善于化妆打扮。

[14]“无半点”二句：是说听了她的美妙歌唱，见了她的美丽容貌，使人闲愁顿消，如醉如痴。

[15]倩：请。

[16]春纤：指女子娇嫩细长的手指。

[17]吟须：诗人的胡须。作者自指。搅住吟须，有求诗之意。

【双调】折桂令

雨窗寄刘梦鸾赴宴以侑尊云[1]

妒韶华风雨潇潇[2]，管月犯南箕，水漏天瓢[3]。湿金缕莺裳，红膏燕嘴，黄粉蜂腰[4]。梨花梦龙绡泪今春瘦了[5]。海棠魂羯鼓声昨夜惊着[6]。极目江皋[7]，锦涩行云，香暗归潮[8]。

✤注释

[1]刘梦鸾：生平不详。当为歌妓。侑（yòu）尊：劝酒。云：语助词。

[2]韶（sháo）华：美丽的春光。

[3]“管月”二句：《尚书·洪范》：“星有好风，星有好雨……月之从星，则以

风雨。”传曰：“箕星好风，毕星好雨。”“月行东北入于箕，则多风；月行西南入于毕，则多雨。所谓月之从星则以风雨也。”南箕：即箕星，二十八宿之一。这两句是说月亮运行到箕星之度（离开毕星之度），故多风雨。天瓢：比喻雨水如瓢泼而下。

[4]“湿金”三句：比喻雨水淋湿了刘梦鸾。金缕莺裳：指金线装饰的美丽舞衣。燕嘴：喻美人小嘴。蜂腰：喻美人细腰。刘梦鸾是歌妓，故以善歌舞的莺燕和细腰的黄蜂喻之，语意双关。

[5]梨花梦：唐王建《梦看梨花云歌》：“落英散粉飘满空，梨花颜色同不同。眼穿臂短取不得，取得亦如从梦中。无人为我解此梦，梨花一曲心珍重。”龙绡泪：晋干宝《搜神记》：“南海之外，有鲛人，水居如鱼，不废织绩，其眼泣，则能出珠。”南朝梁任昉《述异记》：“南海出鲛绡纱，泉先（按，即鲛人）潜织，一名龙纱，其价百余金。以为服，入水不濡。”这里是比喻雨水滴在梨花上，如鲛人流泪，而梨花纷纷谢落，使春天也显得瘦了。

[6]“海棠魂”句：唐玄宗曾喻酒酣的杨贵妃为春睡未醒的海棠。见宋乐史《杨太真外传》。唐玄宗又善击羯鼓，曾有羯鼓催花之事。见唐南卓《羯鼓录》。羯（jié）鼓：古代羯族乐器，声音急促响亮。这里是形容雨打海棠之声。

[7]江皋：江边。

[8]“锦涩”二句：是说美丽的行云因下雨而凝滞，淡淡的花香随晚潮而归来。比喻刘梦鸾雨中行走不便，但仍盼她能如期而归。锦：锦绣，喻行云之美。

【双调】折桂令

丙子游越怀古[1]

蓬莱老树苍云[2]，禾黍高低，狐兔纷纭[3]。半折残碑，空馀故址，总是黄尘。东晋亡也再难寻个右军[4]，西施去也绝不见甚佳人[5]。海气长昏，啼鴂声干，天地无春[6]。

✤注释

[1]丙子：指元顺帝至元二年（1336），这一年江浙大旱，饥荒严重。越：指会稽，即今浙江绍兴市。

[2] 蓬莱：此指蓬莱阁，五代吴越王钱镠所建。故址在今绍兴市卧龙山越王台西。因唐元稹贬任越州刺史所作诗“我是玉皇香案吏，谪居犹得住蓬莱”而得名。元稹诗自注：“越地亦名蓬莱。”蓬莱，传说中海上三座仙山之一。老树苍云：指古木参天，气象萧森。

[3] “禾黍”二句：慨叹当年的登览胜地和越国故宫旧址已满目苍凉，成为狐兔出没之地。禾黍：《诗经·王风·黍离》小序记西周亡后，周大夫过故宗庙宫室之地，看见到处长着禾黍，感伤王都颠覆，为作此诗。唐许浑《金陵怀古》诗：“禾黍高低六代宫。”此用其句意。

[4] 右军：指东晋王羲之，字逸少，原籍琅琊临沂（今属山东），后居会稽，官至右军将军、会稽内史，人称“王右军”。书法备精诸体，有“书圣”之称。

[5] 西施：春秋时越国美女。越国被吴国所败，进西施于吴国，吴王许和。越王生聚教训，终得灭吴。西施后归范蠡，从游五湖而去。参见马致远《四块玉·洞庭湖》注[1]。

[6] “啼鴂”二句：啼鴂（jué），鸟名，即鹈鴂。又名杜鹃、伯劳、子规。常在暮春啼鸣。屈原《离骚》：“恐鹈鴂之先鸣兮，使夫百草为之不芳。”

【双调】殿前欢

登江山第一楼[1]

拍栏杆，雾花吹鬓海风寒，浩歌惊得浮云散。细数青山，指蓬莱一望间。纱巾岸[2]，鹤背骑来惯[3]。举头长啸，直上天坛。

✤ 注释

[1] 江山第一楼：指多景楼，在今江苏镇江市北固山甘露寺内。宋郡守陈天麟在唐人临江亭故址修建。北临长江，极登览之胜。元周权《多景楼》诗：“谁言宇宙无多景，今见江山第一楼。”

[2] 纱巾岸：见作者《水仙子·乐清箫台》注[6]。

[3] 鹤背骑来惯：谓骑鹤飞升。见作者《山坡羊·寄兴》注[2]。

【双调】清江引

笑靥儿[1]

凤酥不将腮斗儿匀[2],巧倩含娇俊[3]。红镌玉有痕,暖嵌花生晕[4]。旋窝儿粉香都是春[5]。

✤注释

[1] 笑靥(yè):笑时脸颊上出现的小圆窝。俗称酒窝。

[2] "凤酥"句:是说腮边的酒窝长得显眼,化妆时涂抹不掉。凤酥:凤膏,化妆品。

[3] "巧倩"句:是说笑起来酒窝显得特别漂亮。巧倩:指美丽动人的笑容。一作"巧笑"。语本《诗经·卫风·硕人》:"巧笑倩兮,美目盼兮。"

[4] "红镌"二句:是说酒窝好像在美玉上雕刻的可爱痕迹,好像嵌在脸上带有红晕的一朵鲜花。镌(juān):雕刻。

[5] 旋窝儿:即酒窝。

【双调】卖花声

悟世

肝肠百炼炉间铁[1],富贵三更枕上蝶[2],功名两字酒中蛇[3]。尖风薄雪,残杯冷炙,掩清灯竹篱茅舍[4]。

✤注释

[1] "肝肠"句:比喻意志要坚强。

[2] "富贵"句:是说富贵如梦幻,匆匆破灭。枕上蝶:用庄周梦蝶事。详见王和卿《醉中天·咏大蝴蝶》注[2]。

[3] "功名"句:是说功名也是空虚的影子。酒中蛇:乐广请客人喝酒,客人看见酒杯中有蛇,回家就病了。后来乐广告诉他那是墙上的弓影,客人消除了疑虑,病也好了。见《晋书·乐广传》。

[4] "尖风"三句:是说在冷酷势利的人世间,恬淡无求,甘心过清贫的生活。

残杯冷炙：别人吃剩的酒菜。杜甫《奉赠韦左丞丈二十二韵》："残杯与冷炙，到处潜悲辛。"

【中吕】朝天子

小娃琵琶

暖烘，醉容，逼匝的芳心动[1]。雏莺声在小帘栊，唤醒花前梦。指甲纤柔，眉儿轻纵，和相思曲未终。玉葱[2]，翠峰[3]，娇怯琵琶重[4]。

✤ 注释

[1] 逼匝：亦作"逼拶"。犹逼迫。

[2] 玉葱：形容手指洁白纤细。

[3] 翠峰：指高耸的发鬟。

[4]"娇怯"句：是说娇弱的小姑娘似乎难以承受琵琶的重量。赞美她人小而技艺娴熟。

【中吕】山坡羊

寄　兴

鹏抟九万[1]，腰缠十万，扬州鹤背骑来惯[2]。事间关，景阑珊，黄金不富英雄汉[3]。一片世情天地间[4]。白，也是眼；青，也是眼[5]。

✤ 注释

[1] 鹏抟（tuán）九万：《庄子·逍遥游》："鹏之徙于南冥也，水击三千里，抟扶摇而上者九万里。"抟，旋转。形容大鹏起飞时卷起一阵旋风。这里是比喻仕途发迹，扶摇直上。

[2]"腰缠"二句：南朝梁殷芸《殷芸小说》："有客相从，各言所志：或愿为扬州刺史，或愿多资财，或愿骑鹤上升。其一人曰：'腰缠十万贯，骑鹤上扬州。'欲

兼三者。”这里是指富贵功名都称心如意。

[3]“事间关”三句：是说世事曲折多变，转眼由盛而衰。一旦黄金散尽，英雄也难免穷途之叹。间关：形容路途曲折艰险。阑珊：衰败，残尽。

[4]世情：指世态炎凉。

[5]“白”四句：传说晋代阮籍能作青白眼，青眼就是用黑眼珠看人，表示尊重或喜爱；白眼就是不露黑眼珠，表示轻视或憎恶。见《晋书·阮籍传》。这里是借指人情冷暖，世间以势利眼居多，富贵时青眼相看，贫穷时白眼相加。

【中吕】山坡羊

冬日写怀[1]

朝三暮四，昨非今是[2]，痴儿不解荣枯事[3]。攒家私[4]，宠花枝[5]，黄金壮起荒淫志，千百锭买张招状纸[6]。身，已至此；心，犹未死。

又

冬寒如后，雪晴时候，谁人相伴梅花瘦？钓鳌舟，缆汀洲[7]，绿蓑不耐风霜透[8]，投至有鱼来上钩[9]。风，吹破头；霜，皴破手[10]。

✤注释

[1]一作《冬日寓怀》，共三首，所选为第二、第三首。

[2]“朝三”二句：朝三暮四，语本《庄子·齐物论》：“狙公赋芧，曰：‘朝三而暮四。’众狙皆怒。曰：‘然则朝四而暮三。’众狙皆悦。”昨非今是，语本陶渊明《归去来辞》：“实迷途其未远，觉今是而昨非。”这里是借以形容某些纨绔子弟反复无常、喜新厌旧的习性。

[3]“痴儿”句：是说这般稀里糊涂的公子哥儿不懂得事物兴衰变化的道理。

[4]攒（zǎn）：积聚。家私：指财产。

[5] 宠花枝：指贪恋女色。

[6]“千百”句：是说花高昂的代价买来一张犯罪的证书。锭：五两或十两金银为一锭。招状纸：犯人认罪的供状。

[7] 钓鳌舟：鳌，海中大龟。传说古时龙伯国有一巨人一次钓到六鳌（见《列子·汤问》）。后来以钓鳌喻抱负远大或举止豪迈。缆：此指系船。

[8] 绿蓑（suō）：用草或棕毛编织的雨衣。唐张志和《渔父》词："青箬笠，绿蓑衣，斜风细雨不须归。"

[9] 投至：等到。

[10] 皴（cūn）：皮肤因受冻而裂开。

【越调】小桃红

赠朱阿娇[1]

郁金香染海棠丝[2]，云腻宫鸦翅[3]，翠靥眉儿画心字[4]。喜孜孜，司空休作寻常事[5]。樽前但得，身边服侍，谁敢想那些儿[6]。

✤注释

[1] 朱阿娇：元代歌妓，生平不详。据作者《水仙子·赠姑苏朱阿娇会玉真李氏楼》，知其为姑苏（今江苏苏州市）人。

[2]“郁金”句：郁金香，花名，香气浓郁。海棠丝，即垂丝海棠，花浅红色，是海棠的名贵品种之一。古人以为海棠有色无香，宋代彭乘把"恨海棠无香"列为平生五大恨事之一（见宋惠洪《冷斋夜话》）。这里是比喻朱阿娇好像一朵美丽的海棠而兼有郁金香的芬芳。

[3]“云腻”句：形容头发乌黑松软而有光泽。云腻：喻头发蓬松润滑。宫鸦翅：即鸦髻，古代妇女发髻的一种形式。因模仿宫中式样，故称。

[4] 翠靥：亦称翠钿。古代妇女的一种面部化妆。即用翠绿色的装饰小花粘在眉心，增加美观。心字：指心字形的花朵纹样。

[5]“司空”句：唐司空李绅宴请刺史刘禹锡，让歌女劝酒。刘属意于这位歌女，即席赋诗，有"司空见惯浑闲事，断尽江南刺史肠"句。李绅就把这位歌女送

给他。见唐孟棨《本事诗》。这里是说见惯歌妓的人可不要把朱阿娇当作平常妓女对待，她确实有一种不同寻常的魅力。

[6]“谁敢”句：是说不敢作非分之想。指男女欢合。

【越调】小桃红

春闺怨

玉楼风飐杏花衫[1]，娇怯春寒赚[2]，酒病十朝九朝嵌[3]。瘦岩岩[4]，愁浓难补眉儿淡[5]。香消翠减，雨昏烟暗，芳草遍江南。

✤ 注释

[1] 玉楼：华丽精美的楼阁。飐（zhǎn）：风吹动。杏花衫：粉红色的衣衫。南朝乐府《西洲曲》：“单衫杏子红。”

[2] 春寒赚：被春寒所侵袭。赚，欺骗，侵扰。

[3] 酒病：饮酒过多而病困。嵌：陷溺，严重。

[4] 瘦岩岩：形容消瘦的样子。

[5] 眉儿淡：指无心画眉化妆。

【越调】小桃红

绍兴于侯索赋[1]

昼长无事簿书闲[2]，未午衙先散[3]。一郡居民二十万。报平安，秋粮夏税咄嗟儿办[4]。执花纹象简[5]，凭琴堂书案[6]，日日看青山[7]。

✤ 注释

[1] 绍兴：今浙江绍兴市。于侯：一位姓于的地方官。侯，古代对士大夫的尊称。

[2] 簿书：官署文书。

[3]“未午”句：指官署事少，不到中午官员就办完公事散衙了。

[4]咄嗟（duō jiē）儿办：指很快办完。咄嗟，呼吸之间，形容时间短暂。

[5]花纹象简：刻有花纹的象牙笏，即手板。古代官吏上朝或谒见上司时所执，备记事用。

[6]琴堂：《吕氏春秋·察贤》：“宓子贱治单父，弹鸣琴，身不下堂，而单父治。”后以称颂县令，谓其公署为琴堂。

[7]“日日”句：东晋王子猷（徽之）为桓冲参军，不大料理公事，桓冲问他，他用手板（笏）抵着脸颊说：“西山朝来，致有爽气。”见《世说新语·简傲》。后以“拄笏看山”喻虽在官而有闲情雅致。

【越调】小桃红

晓妆

绀云分翠拢香丝，玉线界宫鸦翅[1]。露冷蔷薇晓初试，淡匀脂[2]。金篦腻点兰烟纸[3]。含娇意思，殢人须是，亲手画眉儿[4]。

✤注释

[1]“绀云”二句：写女子梳头。先把头发从中分开，再用丝线扎成鸦髻。绀（gàn）云：乌云，喻女子头发。绀，稍微带红的黑色。宫鸦翅：见作者《小桃红·赠朱阿娇》注[3]。

[2]“露冷”二句：写洒香水，抹脂粉。蔷薇：指蔷薇露，一种香水。

[3]“金篦”句：指涂上润发的香油后，再用篦子梳理均匀。篦（bì），一种比梳子密的梳头用具。金篦，金属制的篦子。兰烟纸：指薄薄的一层润发香油。兰，兰膏，一种润发香油。

[4]“含娇”三句：是说这位美人儿含着娇态，缠着情郎给她画眉。汉京兆尹张敞曾为夫人画眉，一时传为闺中佳话。殢（tì）：软缠，非让人同意不可。宋周邦彦《满路花》词：“日上三竿，殢人犹要同卧。”

【越调】凭栏人

金陵道中

瘦马驮诗天一涯[1],倦鸟呼愁村数家。扑头飞柳花,与人添鬓华[2]。

✤ 注释

[1] 瘦马驮诗:指骑马浪游,诗思盈怀。

[2] 鬓华:花白的头发。

【越调】天净沙

即　事[1]

莺莺燕燕春春,花花柳柳真真[2],事事风风韵韵。娇娇嫩嫩,停停当当人人[3]。

✤ 注释

[1] 此题共四首,这是第四首。即事:就眼前事物为题写作。

[2] 真真:唐进士赵颜得到一幅美人图,画家说画上的美人名真真,只要天天叫她的名字,一百天后她就会应声,并可复活。见唐杜荀鹤《松窗杂记》。这里是说春光中这位美人好像画上的一样美,却又分明是实实在在的活美人。语意双关。

[3] 停停当当:停当的叠词。指美人儿一切都很完美妥帖,无可挑剔。

周文质

周文质（？—1334），字仲彬，祖籍建德（今浙江建德市），后迁居杭州。曾任路吏。擅长绘画、音乐、歌舞，是一位多才多艺的人。所著杂剧四种，今皆不传。散曲风流潇洒，大都抒写风月恋情，间也有感慨身世之作。现存小令四十三首，套数五篇。

【双调】落梅风

鸾凤配，莺燕约，感萧娘肯怜才貌[1]。除琴剑又别无珍共宝[2]，只一片至诚心要也不要？

✤ 注释

[1] 萧娘：六朝以来泛指歌妓或所恋的女性。唐杨巨源《崔娘》诗："风流才子多春思，肠断萧娘一纸书。"

[2] 琴剑：古代书生行装中常备之物。唐薛能《送冯温往河外》诗："琴剑事行装，河关出北方。"

【双调】落梅风

楼台小，风味佳，动新愁雨初风乍[1]。知不知对春思念他，倚栏杆海棠花下？

✤ 注释

[1] 雨初风乍：风雨初起。乍，刚刚。

贯云石

贯云石(1286—1324),本名小云石海涯,元功臣阿里海涯之孙,父名贯只哥,遂以贯为姓。号酸斋,又号芦花道人。畏吾儿(即维吾尔族)人。年轻时武力超人,善骑射。袭职为两淮万户府达鲁花赤,镇守永州(今湖南零陵县)。后弃武学文,从姚燧读书,接受汉族文化,诗文、书法均所擅长。元仁宗时任翰林侍读学士、中奉大夫、知制诰同修国史等官。后称疾归隐江南,在杭州过诗酒悠游的生活。所作散曲豪放爽朗,间有俊逸之作,艺术成就较高。与徐再思(号甜斋)齐名,后人收辑两家散曲,合称《酸甜乐府》。现存小令七十九首,套数八篇。

【双调】落梅风[1]

新秋至,人乍别[2]。顺长江水流残月。悠悠画船东去也!这思量起头儿一夜[3]。

✤注释

[1] 落梅风:又名《寿阳曲》。

[2] 乍别:刚刚分别。

[3] 起头儿一夜:指分别的第一夜。

【中吕】红绣鞋

挨着靠着云窗同坐[1],看着笑着月枕双歌[2],听着数着愁着怕着早四更过[3]。四更过,情未足;情未足,夜如梭[4]。

天哪，更闰一更儿妨甚么[5]！

✤注释

[1] 云窗：雕刻着云形花纹的窗户。

[2] 月枕：月牙形的枕头。

[3] 听着数着愁着怕着：指听更鼓，数更声，愁天明，怕离别。

[4] 夜如梭：形容夜晚的时间过得很快，如织布的飞梭一样。

[5] "更闰"句：希望再增加一更，延长与情人欢聚的时间。闰：历法名。农历年与回归年的时间误差，约每三年积累成一个月，加在一年里，称为闰。俗称三年一闰。这里借指增加。

【双调】殿前欢

畅幽哉[1]，春风无处不楼台[2]。一时怀抱俱无奈，总对天开[3]。就渊明归去来，怕鹤怨山禽怪[4]。问甚功名在！酸斋笑我，我笑酸斋。

又

怕西风，晚来吹上广寒宫[5]。玉台不放香奁梦，正要情浓[6]。此时心造物同[7]，听甚《霓裳弄》[8]。酒后黄鹤送。山翁醉我，我醉山翁[9]。

✤注释

[1] 畅幽哉：犹言真美啊。畅，真正，十分。幽，幽静美丽。

[2] 春风无处不楼台：即"楼台无处不春风"，指春风吹遍楼台的每个角落。

[3] "一时"二句：是说面对美好的春景，心中触发出一种难以自抑的情怀，要尽情地向大自然抒发。无奈：指无法抑止。

[4] "就渊明"二句：是说要效法陶渊明归隐林泉，决不三心二意，以免被山林

中的禽鸟所见怪。鹤怨山禽怪：南朝齐孔稚珪《北山移文》："蕙帐空兮夜鹤怨，山人去兮晓猿惊。"指原来隐居林泉的周颙，后来又出山做官，惹得山林中与他相处的白鹤、猿猴都感到吃惊和怨愤。这里反其意而用之，表明归隐之志已决。

[5] 广寒宫：月宫。

[6]"玉台"二句：比喻月亮还沉睡在云层里，嫦娥正做着柔情缱绻的好梦，迟迟不肯起身。玉台：即玉镜台。香奁(lián)：古代妇女梳妆用的镜匣。

[7] 造物：指天。古人以为万物都由天所生成，故称天为造物。

[8] 霓裳弄：即《霓裳羽衣曲》。传说是唐玄宗随道士叶法善游月宫时偷记回来的仙曲。弄，乐曲。奏曲一遍为一弄。

[9] 山翁：指晋代襄阳太守山简，喜欢喝酒，常常大醉而归。

【正宫】塞鸿秋

代人作

战西风遥天几点宾鸿至[1]，感起我南朝千古伤心事[2]。展花笺欲写几句知心事[3]，空教我停霜毫半晌无才思[4]。往常得兴时，一扫无瑕疵[5]。今日个病恹恹刚写下两个相思字[6]。

✤注释

[1] 宾鸿：鸿雁是候鸟，每年秋天南下过冬，春暖时又北归，好像宾客一样，故称。《礼记·月令》："季秋之月，鸿雁来宾。"

[2] 南朝：指南北朝时在南方建都的宋、齐、梁、陈四朝。这些朝代偏安一隅，兴亡更迭，常引起后人的感慨咏叹。

[3] 花笺：一种印有暗花图案的精美信笺。

[4] 霜毫：毛笔。多用秋后的兔毛或羊毛制成，故称。才思：才情，兴致。

[5] 一扫：指一挥而就。瑕疵：缺点，毛病。

[6] 病恹恹：形容精神萎靡不振。

鲜于必仁

鲜于必仁，字去矜，号苦斋，大都（今北京市）人。书法家鲜于枢之子，能传家学。豪爽好客，工词曲，海盐杨梓二子从其受学，传为“海盐腔”（见元姚桐寿《乐郊私语》）。现存小令二十九首。

【越调】寨儿令

汉子陵[1]，晋渊明，二人到今香汗青[2]。钓叟谁称，农父谁名，去就一般轻[3]。五柳庄月朗风清[4]，七里滩浪稳潮平[5]。折腰时心已愧[6]，伸脚处梦先惊[7]。听，千万古圣贤评。

✤注释

[1] 汉子陵：指东汉隐士严子陵，即严光，会稽余姚（今浙江余姚市）人。隐居垂钓于富春江畔（在今浙江桐庐县境），遗址有严子陵钓台。

[2] 香汗青：指流芳于史册。汗青，指史册。古代写字在竹简上，先用火炙竹简，让水分蒸发，如出汗一样，干了才书写，不会受虫蛀，称为汗青。后借称史册。

[3]“钓叟”三句：承严光和陶渊明而言，一个垂钓，一个归耕，不求名利，把出处进退看得很轻淡。去就：去留，进退。

[4] 五柳庄：指陶渊明归隐的住处，因宅边有五株柳树，陶自号五柳先生。见所作《五柳先生传》。

[5] 七里滩：又名严滩、子陵滩。即严子陵隐居垂钓的地方，在浙江富春江畔。

[6] 折腰时心已愧：陶渊明任彭泽县令时，上司派官员来检查工作，县吏请他拜见，他说：“我岂能为五斗米折腰向乡里小儿！”当天就辞官求归，赋《归去来

辞》以明志。《归去来辞》小序有“怅然慷慨，深愧平生之志”的话。这里是说因违背自己的心愿去做官而感到悔惭。

[7] 伸脚处梦先惊：严子陵与东汉光武帝刘秀是早年同学，他隐居在富春江时，光武帝把他召到京城，晚上与他同床睡觉。他睡熟后把脚伸到光武帝的肚皮上。第二天，观察天文的官员报告：有客星侵犯皇帝的星座，情况紧急。光武帝笑了，说这是我的老朋友严子陵跟我同床睡觉。见《后汉书·严光传》。这里借指生活在帝王身边很不自在，动不动就怕出问题。

【双调】折桂令

诸葛武侯[1]

草庐当日楼桑，任虎战中原，龙卧南阳[2]。八阵图成，三分国峙，万古鹰扬[3]。《出师表》谋谟庙堂[4]，《梁甫吟》感叹岩廊[5]。成败难量，五丈秋风，落日苍茫[6]。

✤ 注释

[1] 诸葛武侯：即诸葛亮。曾被三国时蜀汉后主封为武乡侯，故称。

[2]“草庐”三句：是写刘备当初三顾茅庐拜访诸葛亮时，诸葛亮正高卧南阳，冷眼旁观天下纷争的局面。草庐：指诸葛亮未出山时隐居的南阳草庐。楼桑：地名，在今河北涿县南二十里。相传为三国蜀汉先主刘备故里，因东南有一株高大的桑树，刘备童年时常与小伙伴在树下游戏，后因称其故里为楼桑里。龙卧南阳：徐庶曾把隐居南阳的诸葛亮比为“卧龙”，劝刘备请他出山。南阳，今河南南阳市，一说在今湖北襄阳市。

[3]“八阵”三句：写诸葛亮出山后辅佐刘备打开局面，建立蜀汉政权的丰功伟绩。八阵图：诸葛亮指挥作战时所布置的阵法。《三国志·蜀书·诸葛亮传》：“推演兵法，作八阵图。”三分国峙：指诸葛亮辅佐刘备，奠定基业，形成魏、蜀、吴三国鼎立的局面。前两句化用杜甫《八阵图》诗：“功盖三分国，名成八阵图。”万古鹰扬：比喻威名万古传扬。《诗经·大雅·大明》：“维师尚父，时维鹰扬。”赞颂吕尚（姜太公）辅佐周武王的功绩。鹰扬，喻大展雄才，如鹰之奋飞扬威。杜甫《咏怀古迹五首》之五：“三分割据纡筹策，万古云霄一羽毛。”这里化用

其意。

[4] 出师表：诸葛亮于建兴五年(227)、六年(228)两次上疏北伐，称前后《出师表》。前表见《三国志》本传，后表见本传注引《汉晋春秋》。谋谟庙堂：指谋划国策。庙堂，朝廷。

[5] 梁甫吟：亦作《梁父吟》，乐府楚调曲名。歌词悲凉慷慨，相传为诸葛亮所作。《三国志・蜀书・诸葛亮传》："(诸葛)亮躬耕陇亩，好为《梁父吟》，身长八尺，每自比于管仲、乐毅，时人莫之许也。"岩廊：高峻的廊，喻庙堂、朝廷。《汉书・董仲舒传》："盖闻虞舜时，游于岩郎(廊)之上，垂拱无为，而天下太平。"这里是指诸葛亮慷慨悲歌，感叹致君尧舜、治平天下的志向未能实现。

[6] "成败"三句：三国蜀汉建兴十二年(234)春，诸葛亮领兵伐魏，驻屯于五丈原(今陕西岐山县斜原口西侧，渭水南岸)，与魏军相持百余日，后病死于军中。他在《后出师表》中曾说："臣鞠躬尽瘁，死而后已。至于成败利钝，非臣之明所能逆睹也。"这里对诸葛亮的拳拳报国之心和"出师未捷身先死"的千古遗恨深表叹惋。

阿里西瑛

阿里西瑛，省称里西瑛，回族人。阿里耀卿学士之子。其人身材魁伟，善吹筚篥。所居在吴城（今江苏苏州市）东北角，名为“懒云窝”，作《殿前欢》小令以自述志趣。贯云石、乔吉、卫立中、杨朝英、吴西逸等人都有和作。现存小令四首。

【双调】殿前欢

懒云窝自叙[1]

懒云窝，醒时诗酒醉时歌。瑶琴不理抛书卧，无梦南柯[2]。得清闲尽快活，日月似穿梭过，富贵比花开落[3]。青春去也，不乐如何！

又

懒云窝，客至待如何？懒云窝里和衣卧，尽自婆娑[4]。想人生待则么[5]？贵比我高些个，富比我悭些个[6]。呵呵笑我，我笑呵呵。

✤注释

[1]《全元散曲》此题共三首，本书所选为第二首、第三首。按，第一首、第二首前三句全同，后又有两句文字相同而次序颠倒，似即一曲，因传抄而致稍异。《太平乐府》、《阳春白雪》、《乐府群玉》诸本收乔吉、杨朝英、吴西逸和作皆为六首，则阿里西瑛原作似亦六首，半数已散佚。

[2]无梦南柯：指无心于功名富贵。南柯，用唐李公佐《南柯记》事。详见马

致远《折桂令·叹世》注[5]。

[3] 富贵比花开落：是说富贵荣华如花开花落，转眼即空。

[4] 婆娑(suō)：盘桓，逍遥。汉班固《答宾戏》："婆娑乎术艺之场，休息乎篇籍之囿。"

[5] 则么：即怎么。

[6]"贵比我"二句：是说自己虽然没有什么高贵的地位，却比那些有钱的人聪明一些。憁："愡"的异体字。无知的样子。《集韵·东韵》："愡，愡恫，无知。"

曾 瑞

曾瑞，字瑞卿，大兴（今北京市大兴县）人。约至元至至顺年间（1264—1333）在世。因“喜江浙人才之多，羡钱塘景物之盛”，而定居杭州。为人淡于名利，以布衣终身，自号“褐夫”。江浙达者，馈送不绝，赖以为生。至顺初（1330），已逾七旬。临终之日，上门吊唁者以千数。工画山水，又善隐语，著有杂剧《才子佳人误元宵》一种。散曲集名《诗酒余音》，已佚。现存小令九十五首，套数十七篇。

【正宫】醉太平

相邀士夫[1]，笑引奚奴[2]。涌金门外过西湖[3]，写新诗吊古。苏堤堤上寻芳树[4]，断桥桥畔沽醽酥[5]，孤山山下酬林逋[6]。洒梨花暮雨。

✤ 注 释

[1] 士夫：读书人。

[2] 奚奴：仆从。

[3] 涌金门：杭州城门之一，旧名丰豫门。有涌金河通西湖。

[4] 苏堤：西湖堤名。宋哲宗元祐四年（1089），苏轼任杭州太守时所筑。

[5] 断桥：在西湖白堤东端。醽醁（líng lù）：美酒。

[6] 孤山：在西湖中，处于里、外湖之间，一屿耸立，旁无联附，故名。林逋：字君复，北宋诗人。长期隐居西湖孤山，终身不仕，也不婚娶，喜种梅养鹤，有“梅妻鹤子”之称。卒谥和靖先生。有《和靖诗集》。酬：奉和。这里是指诗兴受到林逋的启发。

赵禹圭

赵禹圭,字天锡,汴梁(今河南开封市)人。至元中曾任江南行大司农司管勾,至顺元年(1330)为镇江府判官,三年(1332)十月致仕。著有杂剧《试汤饼何郎傅粉》、《贾爱卿金钗剪烛》二种,均佚。现存小令七首。按,王国维《曲录》以为赵禹圭即陈州人赵祐(亦字天锡),本书选者亦承其说,所选系于赵祐(误植为赵祐)名下,实误。孙楷第《元曲家考略》考之甚明。《全元散曲》亦作赵禹圭。今据正。

【双调】折桂令

题金山寺[1]

长江浩浩西来,水面云山,山上楼台。山水相辉,楼台相映,天地安排。诗句就云山动色[2],酒杯倾天地忘怀。醉眼睁开,遥望蓬莱[3]:一半烟遮,一半云埋[4]。

✤ 注 释

[1] 金山寺:在江苏镇江市西北金山上,初建于东晋时。此首当为赵禹圭任镇江府判官时所作。周德清《中原音韵》称"此词称赏者众",当时就广获好评。张养浩《云庄自适小乐府》亦收此曲,题作《过金山寺》,为两家互见之作。

[2] 就:指写成。动色:一作"失色"。

[3] 蓬莱:神话传说中的海上仙山。

[4] "一半"二句:写蓬莱仙山隐于烟云之中,飘渺不可望见。宋刘攽《自校书郎出倅泰州作》诗:"明日扁舟江海去,却将云气望蓬莱。"一作"一半云遮,一半烟埋"。烟、云二字易位。一作"一半儿雨隔云遮,一半儿风蔽烟埋"。

阿鲁威

阿鲁威，一作阿鲁灰、阿鲁翚，盖译音之异。字叔重，号东泉，时人亦称鲁东泉。蒙古族人，至治、泰定年间(1321—1328)，曾任延平路总管、泉州路总管、翰林学士兼经筵讲官。晚年退居杭州。工散曲，与虞集、张雨等人时有唱和。《太和正音谱》称其词“如鹤唳青霄”。现存小令十九首。

【双调】落梅风

千年调[1]，一旦空，惟有纸钱灰晚风吹送[2]。尽蜀鹃啼血烟树中[3]，唤不回一场春梦[4]。

✤注释

[1] 千年调(diào)：唐王梵志诗：“世无百年人，拟作千年调。打铁作门限，鬼见拍手笑。”见唐范摅《云溪友议》卷十一所引。后以“千年调”喻苦心经营的长远之计。元秦简夫《东堂老》第一折：“想着这半世勤劳，也枉做下千年调。”

[2] 纸钱：旧俗祭祀时焚化给死人或鬼神当钱用的纸制品。

[3] 蜀鹃啼血：蜀鹃，即杜鹃，相传为古代蜀国君主杜宇之精魂所化。常在暮春啼鸣，啼声凄苦，据说直啼到口中流血还不休。

[4] 一场春梦：比喻人生的短暂和虚幻之感。相传苏轼贬官昌化，遇一老妇，对苏轼说：“内翰昔日富贵，一场春梦！”见宋赵令畤《侯鲭录》卷七。又，宋苏轼《西江月》词：“世事一场大梦，人生几度新凉。”

薛昂夫

薛昂夫，名超吾，号九皋，回鹘（今新疆）人，维吾尔族作家。汉姓马，故亦称马昂夫或马九皋。其祖官御史大夫，始居龙兴（今江西南昌市）。父官御史中丞。昂夫早年曾问学于宋末诗人刘辰翁。初为江西行中书省令史，后入京，由秘书监郎官累官佥典瑞院事，又任太平路总管，元统间（1333—1335）为衢州路总管。晚年隐居杭州皋亭山一带。擅篆书，有诗名，与虞集、萨都剌相唱和。有《九皋诗集》。散曲亦卓然成家。《南曲九宫正始序》说："昂夫词句潇洒，自命千古一人。"《太和正音谱》说："薛昂夫之词如雪窗翠竹。"可想见其风格。时人比之马致远，故有"二马"之称。现存小令六十五首，套数三篇。按，本书选者误以马九皋与薛昂夫为二人，分别选九首和二首，今并而为一。

【双调】水仙子

集　句[1]

几年无事傍江湖，醉倒黄公旧酒垆[2]。人间纵有伤心处，也不到刘伶坟上土[3]，醉乡中不辨贤愚[4]。对风流人物，看江山画图[5]，便醉倒何如[6]！

✤注释

[1] 集句：集取前人诗文中的句子，加以巧妙地组织安排，成为一种新的作品。晋傅咸集七经诗发其端，宋王安石、文天祥均喜为之。

[2] "几年"二句：唐陆龟蒙《和袭美春夕酒醒》诗："几年无事傍江湖，醉倒黄公旧酒垆。觉后不知明月上，满身花影倩人扶。"此集其首二句。黄公：魏晋间

卖酒的人。垆：安放酒瓮的土台。据《世说新语·伤逝》载，王戎曾与友人嵇康、阮籍酣饮于黄公酒店，后来嵇、阮二人去世，王戎重过此店，怀念故友，十分伤感。

[3]“也不到”句：唐李贺《将进酒》诗：“劝君终日酩酊醉，酒不到刘伶坟上土。”刘伶，字伯伦，西晋人，嗜酒如命，出门经常带一壶酒，叫仆人背一把锹跟着，说：“醉死了，就把我埋掉。”见《晋书·刘伶传》。

[4]醉乡中不辨贤愚：是说喝醉后，便分不清贤者和愚者。贤与愚，又指酒的两种品级。唐皇甫松《醉乡日月》：“凡酒以色味重为圣；色如金而醇苦者为贤；色墨而味酸醨者为愚。”

[5]“对风流”二句：苏轼《念奴娇·赤壁怀古》词：“大江东去，浪淘尽、千古风流人物。”“江山如画，一时多少豪杰。”此用其语。

[6]便：即使，纵然。

【双调】殿前欢[1]

捻冰髭，绕孤山枉了费寻思[2]。自逋仙去后无高士，冷落幽姿，道梅花不要诗[3]。休说推敲字，效杀颦难似[4]。知他是西施笑我，我笑西施？

✤ 注释

[1]作者以此调写了《春》、《夏》、《秋》、《冬》四曲，分咏杭州西湖四时游赏情景。所选为第四首，咏西湖冬景。

[2]“捻冰髭”二句：是说风雪中徘徊于孤山梅树下，空自苦吟。捻冰髭：形容苦吟。唐卢延让有“吟安一个字，捻断数茎须”句。孤山：见乔吉《水仙子·寻梅》注[2]。

[3]“自逋仙”三句：慨叹自从林逋去世后，就没有咏梅的高人了。梅花也遭到了冷落，与诗绝缘。逋仙：指林逋。详见曾瑞《醉太平》注[6]。

[4]“休说”二句：是说不管怎样费心苦吟，也难以刻画西湖雪景之美。推敲：相传唐代诗人贾岛骑驴作诗，得“鸟宿池边树，僧敲月下门”两句，“敲”字又想改用“推”字，犹豫不决，无意中遇韩愈，经韩指点，确定用“敲”（见宋胡仔《苕溪渔隐丛话》引《刘公嘉话》）。后指反复斟酌字句为推敲。效杀颦难似：传说西施有

心痛病，发作时难受得皱眉抚胸，东邻有位丑女人以为这姿态很美，也学着皱眉抚胸，结果显得更丑了。见《庄子·天运》。后人称之为效颦。颦，皱眉。这里是以西施喻西湖，以效颦喻为西湖写照。

【双调】殿前欢[1]

醉归来，袖春风下马笑盈腮。笙歌接到朱帘外，夜宴重开。十年前一秀才，黄齑菜[2]，打熬到文章伯[3]。施展出江湖气概[4]，抖擞出风月情怀。

✤注释

[1]《中原音韵》题为《醉归来》。《词林摘艳》题作《醉归》。

[2] 黄齑(jī)菜：发黄的腌菜。指贫穷清苦的生活。

[3] 文章伯：对善写文章者的尊称。唐孙逖《张丞相燕公挽歌词》："海内文章伯，朝端礼乐英。"

[4] 江湖气概：指仗义疏财的气量。

【中吕】山坡羊[1]

惊人学业[2]，掀天势业[3]，是英雄成败残杯炙[4]。鬓堪嗟，雪难遮[5]，晚来览镜中肠热[6]。问着老天无话说。东，沉醉也；西，沉醉也。

✤注释

[1]《乐府群珠》题作《述怀》。

[2] 惊人学业：指学业成就惊人。

[3] 掀天势业：形容功业伟大。宋辛敦《寇忠愍诗集后序》："莱公两朝大臣，勋业之盛，掀天揭地。"

[4] 残杯炙：残余的酒食。唐杜甫《奉赠韦左丞丈二十二韵》："残杯与冷炙，

到处潜悲辛。”

[5]雪难遮：比喻白发很多。

[6]中肠热：形容因激动而内心发热。唐杜甫《赠卫八处士》诗：“访旧半为鬼，惊呼热中肠。”

【中吕】山坡羊[1]

大江东去，长安西去，为功名走遍天涯路[2]。厌舟车[3]，喜琴书[4]，早星星鬓影瓜田暮[5]。心待足时名便足[6]。高，高处苦；低，低处苦。

✤注释

[1]《乐府群珠》题作《述怀》。

[2]“大江”三句：形容为功名到处奔波，足迹遍及大江南北、京城内外。大江：长江。长安：指京城。

[3]厌舟车：指以奔波求官的羁旅生活为苦。

[4]喜琴书：指以琴书自娱的隐居生活为乐。陶渊明《归去来辞》：“乐琴书以消忧。”

[5]早：已经。星星鬓影：形容鬓发花白。瓜田暮：汉初邵平，本为秦东陵侯，秦亡后隐居长安东门种瓜，瓜味甜美，时人称为“东陵瓜”或“青门瓜”。见《史记·萧相国世家》。这里指晚年的隐居生涯。

[6]“心待足”句：是说只要心里充实满足，就不在乎什么名利了。待：待要，将欲。

【正宫】塞鸿秋

凌歊台怀古[1]

凌歊台畔黄山铺，是三千歌舞亡家处[2]。望夫山下乌江渡，是八千子弟思乡处[3]。江东日暮云，渭北春天树[4]。青山太白坟如故[5]。

✤ 注释

[1] 凌歊（xiāo）台：在安徽当涂县西北黄山（不是歙县黄山）之巅，南朝宋高祖刘裕曾建离宫于此。凌歊，消暑之意。歊，暑气。元代天历、至顺年间（1328—1332），作者曾任太平路总管，治所即在当涂。此曲当作于是时。

[2] 三千歌舞亡家处：用唐许浑《凌歊台》诗："宋祖凌歊乐未回，三千歌舞宿层台。"这里是感叹富贵荣华不能常在，昔日帝王的舞榭歌台已成为千古兴亡的见证。

[3] "望夫山"二句：望夫山，在安徽当涂县西北四十里。传说古代有一位女子登山盼望外出的丈夫，因多年不见回来，她久久站立，就化为石头。山即以此为名。乌江渡，在当涂县东北，与望夫山隔江相对。当年项羽带领八千江东子弟，南征北战，所向无敌，击灭秦国，威震天下，而最终兵败垓下，八千子弟亦无一生还，他感到无颜面对江东父老，于是自刎于乌江渡口。见《史记·项羽本纪》。

[4] "江东"二句：借用杜甫《春日忆李白》诗："渭北春天树，江东日暮云。"后以"春树暮云"表示对远方友人的怀念。

[5] "青山"句：青山在安徽当涂县东南，李白墓即在青山西麓，与南齐诗人谢朓故宅为邻。

【双调】庆东原

西皋亭适兴[1]

兴为催租败[2]，欢因送酒来[3]。酒酣时诗兴依然在[4]。黄花又开，朱颜未衰[5]，正好忘怀。管甚有监州，不可无螃蟹[6]。

✤ 注释

[1] 本题为组曲，共四首，所选为第二首。西皋亭：指皋亭山西部，作者晚年隐居之地。皋亭山俗名半山，在杭州市东北，临平镇东南。

[2] 兴为催租败：兴，诗兴。宋谢无逸写信问潘大临有没有新诗，潘回信说："秋来景物，件件是佳句。昨日闲卧，闻搅林风雨声，欣然起，题壁曰：'满城风雨近重阳。'忽催租人至，遂败意。止此一句奉寄。"见宋释惠洪《冷斋夜话》。

[3] 欢因送酒来：用陶渊明重阳节得人送酒事。见卢挚《沉醉东风·重九》注[3]。

[4] 酒酣：一作“酒醒”。

[5] 朱颜未衰：指喝醉了酒，脸上红光焕发，好像青春犹在。苏轼《纵笔》诗：“小儿误喜朱颜在，一笑那知是酒红。”

[6]“管甚”二句：是说只要有螃蟹下酒，不管他有什么人监视拘管。宋代各州置通判，称为监州，常常跟知州争权闹别扭，说：“朝廷让我监视你。”有一位名叫钱昆的杭州人，很喜欢吃螃蟹，请求派他到外地去做州官，别人问他想到什么州去，他说：“但得有螃蟹无通判处，则可矣。”见宋欧阳修《归田录》。这里是更进一层，说只要有螃蟹，别的都不在乎。

【中吕】山坡羊

西湖杂咏[1]

春

山光如淀[2]，湖光如练[3]，一步一个生绡面[4]。叩逋仙[5]，访坡仙[6]，拣西湖好处都游遍[7]，管甚月明归路远。船，休放转；杯，休放浅。

夏

晴云轻漾，薰风无浪[8]，开樽避暑争相向[9]。映湖光，逞新妆，笙歌鼎沸南湖荡[10]，今夜且休回画舫。风，满座凉；莲，入梦香。

✤ 注释

[1] 此曲以《西湖杂咏》为总题，共四首，分咏春、夏、秋、冬四时风物之美和作者意兴之浓。此选春、夏二首。

[2] 山光如淀：形容山色深蓝。淀(diàn)，通“靛”，深蓝色的染料。

[3] 练：白绢。

[4] 生绡面：指绢画。唐韩愈《桃源图》诗："流水盘回山百转，生绡数幅垂中堂。"

[5] 叩：叩问，拜访。逋仙：林逋。

[6] 坡仙：苏东坡。作者举林逋、苏轼二人以概指西湖名人古迹。

[7] 西湖：一作"西施"。

[8] 薰风：初夏的东南风。《吕氏春秋·有始》："东南曰薰风。"

[9] 相向：相对。

[10] 南湖：西湖以白堤为界，分为南湖、北湖，白堤以南的湖面称南湖。

【双调】楚天遥带过清江引[1]

屈指数春来，弹指惊春去[2]。蛛丝网落花，也要留春住[3]。几日喜春晴，几夜愁春雨。六曲小山屏，题满伤春句[4]。

春若有情应解语[5]，问着无凭据。江东日暮云，渭北春天树[6]，不知那答儿是春住处[7]？

又

有意送春归，无计留春住。明年又着来，何似休归去。桃花也解愁，点点飘红玉。目断楚天遥，不见春归路[8]。

春若有情春更苦[9]，暗里韶光度[10]。夕阳山外山，春水渡旁渡[11]，不知那答儿是春住处？

✤注释

[1] 此调共三首，为组曲，抒写惜春伤别情怀。所选为其二、其三。

[2] 弹指：弹指之间，喻时光短暂。

[3]“蛛丝”二句：用宋辛弃疾《摸鱼儿》词：“春且住，见说道、天涯芳草无归路。怨春不语，算只有殷勤，画檐蛛网，尽日惹飞絮。”

[4]“六曲”二句：用宋高观国《卜算子》词：“十二雕窗六曲屏，题满伤春句。” 六曲小山屏：曲折的屏风。

[5] 解语：懂得人的语言和心意。

[6]“江东”二句：用唐杜甫《春日忆李白》诗：“渭北春天树，江东日暮云。”暗寓伤别怀人之思。

[7] 那答儿：哪里，哪边。此句化用宋黄庭坚《清平乐》词：“若有人知春去处，唤取归来同住。”

[8]“有意”八句：用宋释如晦《卜算子·送春》词：“有意送春归，无计留春住。毕竟年年用着来，何似休归去！ 目断楚天遥，不见春归路。风急桃花也似愁，点点飞红雨。”全词八句，五句袭用，三句化用，次序略有变动。

[9]“春若”句：化用唐李贺《金铜仙人辞汉歌》：“天若有情天亦老。”

[10] 暗里韶光度：化用宋苏轼《洞仙歌》：“又不道流年暗中偷换。”韶光，春光，喻美好的年华。

[11]“夕阳”二句：用宋戴复古《世事作》诗：“春水渡傍渡，夕阳山外山。”

吴弘道

吴弘道，字仁卿，号克斋，金台蒲阴（今河北安国县）人。大德（1297—1307）年间，为江西行省检校掾史，官至府判，告老归乡。曾著杂剧五种及散曲集《金缕新声》等，今皆不传。现存小令三十四首，套数四篇。

【双调】拨不断

闲　乐

泛浮槎[1]，寄生涯，长江万里秋风驾[2]。稚子和烟煮嫩茶，老妻带月炰新鲊[3]。醉时闲话。

又

利名无，宦情疏，彭泽升斗微官禄[4]。蠹鱼食残架上书[5]，晓霜荒尽篱边菊。罢官归去！

✤ 注 释

[1] 泛浮槎：传说天河与海相通，海边有人看到每年八月有浮槎来往，从不失期。他就备了干粮乘槎而去，结果到了天河，碰见在河边牵牛饮水的牛郎。他问这是什么地方，牛郎请他回去问严君平。后来严君平告诉他某年某月某日有客星进入牵牛宿的范围，这正是他到天河的时候。见晋张华《博物志》。槎，木筏。这里借指无忧无虑地泛舟江湖，过着世外仙人一般的生活。

[2] 秋风驾：乘秋风而行。

[3] 炰（páo）：蒸煮。《诗经·大雅·韩奕》："其殽维何，炰鳖鲜鱼。"鲊

（zhǎ）：腌鱼、熏鱼之类。

[4] 彭泽升斗微官禄：用晋陶渊明任彭泽县令，不愿为五斗米折腰而辞官归隐之事。彭泽：县名，故城在今江西湖口县东。

[5] 蠹（dù）：指蛀书虫。

赵善庆

赵善庆，字文宝（一作文贤），饶州乐平（今江西乐平县）人。善卜术，曾任阴阳学正。著杂剧八种，俱未传。散曲存小令二十九首。善写景，风格秀丽。

【双调】沉醉东风

秋日湘阴道中[1]

山对面蓝堆翠岫[2]，草齐腰绿染沙洲。傲霜橘柚青，濯雨蒹葭秀[3]，隔沧波隐隐江楼。点破潇湘万顷秋，是几叶儿传黄败柳[4]。

✤ 注释

[1] 湘阴：今湖南湘阴县，在湘江下游，洞庭湖南岸。

[2] 翠岫（xiù）：青翠的山峰。

[3] 蒹葭（jiān jiā）：芦苇。

[4] 传黄败柳：枯黄飘零的柳叶。传，指到处飘飞。

马谦斋

马谦斋，生卒年不详。张可久有《天净沙·马谦斋园亭》，知与张可久同时。曾在大都（今北京市）做过官，后归隐杭州。现存小令十七首。

【越调】寨儿令

叹 世

手自搓，剑频磨，古来丈夫天下多[1]。青镜摩挲，白首蹉跎，失志困衡窝[2]。有声名谁识廉颇[3]，广才学不用萧何[4]。忙忙的逃海滨，急急的隐山阿[5]。今日个平地起风波。

✤注 释

[1]“手自搓”三句：搓手磨剑，渴望建功立业，一展抱负，自古以来这样的男子汉不少。

[2]“青镜”三句：指岁月无情，壮志蹉跎，对镜自伤老大，失意穷困地过了一生。衡窝：指简陋的房舍。《诗经·陈风·衡门》：“衡门之下，可以栖迟。”衡门，横木为门，喻简陋。

[3]廉颇：战国时赵国名将，曾率兵攻破齐国，取阳晋，拜为上卿。又曾领兵大破燕军，封信平君，任相国。一时声名显赫。但晚年不为赵王信任，获罪逃奔魏国。见《史记·廉颇蔺相如列传》。

[4]萧何：西汉开国名相，为人足智多谋，辅佐刘邦统一天下，论功第一。晚年因请求将上林苑空地让给百姓耕种，触怒刘邦，曾被械系。见《史记·萧相国世家》。

[5]“忙忙”二句：指有才识之士纷纷退隐。海滨、山阿，都指隐退之地。《庄子·刻意》有“山谷之士，非世之人”和“江海之士，避世之人”之说。山阿：山林隐曲之处。

邓玉宾

邓玉宾，生卒年不详。约与贯云石同时。《录鬼簿》列为“前辈名公”，称其为“邓玉宾同知”，可知曾官同知。擅散曲，《太和正音谱》评其曲风“如幽谷芳兰”。今存小令四首，套数四篇。

【正宫】叨叨令

道　情[1]

一个空皮囊包裹着千重气[2]，一个干骷髅顶戴着十分罪[3]。为儿女使尽了拖刀计[4]，为家私费尽了担山力[5]。你省的也么哥[6]，你省的也么哥，这一个长生道理何人会？

✤注释

[1] 道情：鼓词的一种，本为道士所唱，宣扬离情绝俗。后为民间曲艺形式之一，亦常以警世劝俗为内容。本曲即取此意。

[2] 空皮囊：比喻人的躯体。千重气：古人以为人禀天地之气而生。这里是指各种气恼烦人之事。

[3] 干骷髅：指人的骨骼。十分罪：指人为偿还前世所造的深重罪孽而活着。

[4] 拖刀计：一种取胜的战术。即佯装失败，拖刀而走，诱敌来追，然后出其不意，回身杀敌。这里比喻用尽心机。

[5] 担山力：比喻超乎寻常的气力。

[6] 省：省悟。也么哥：语助词，无义。

【双调】雁儿落带过得胜令

闲　适

乾坤一转丸[1]，日月双飞箭。浮生梦一场[2]，世事云千变[3]。

万里玉门关[4]，七里钓鱼滩[5]。晓日长安近[6]，秋风蜀道难[7]。休干[8]，误杀英雄汉。看看[9]，星星两鬓斑。

✤注释

[1] 乾坤一转丸：形容天地之间变化迅速。乾坤：天地。转丸：快速转动的小圆球。

[2] 浮生梦一场：李白《春夜宴桃李园序》："浮生若梦，为欢几何？"浮生，人生。语本《庄子·刻意》："其生若浮，其死若休。"

[3] 世事云千变：唐杜甫《可叹》诗："天上浮云如白衣，斯须改变如苍狗。"比喻世事变幻不定。

[4] 万里玉门关：东汉名将班超，明帝和章帝时奉命定西域，使西域各族人民恢复了和汉朝的联系，被任命为西域都护，封定远侯。居西域三十一年，晚年思乡，上疏求归，有"但愿生入玉门关"之语。玉门关，在今甘肃敦煌市西，古代通西域要道。

[5] 七里钓鱼滩：即严陵濑，又名七里滩，东汉严光（子陵）隐居垂钓处。在今浙江桐庐富春江边，遗址有严子陵钓台。

[6] 晓日长安近：晋明帝司马绍年幼时很聪明，有一次一位使者从长安来，元帝问他："太阳与长安哪个距离我们近？"回答说："长安近。因为没有听说过有人从太阳上来。"第二天，元帝又问他："太阳与长安哪个距离我们近？"回答说："太阳近。因为抬头看见太阳，却看不到长安。"见《世说新语·夙慧》。这里比喻仕途失意，京都可望而不可即。

[7] 秋风蜀道难：唐李白曾作《蜀道难》诗，备言由秦入蜀道路之艰难，有"蜀道之难难于上青天"之叹。这里借以比喻仕途艰难，命运坎坷。

[8] 休干（gān）：指不要贪求功名富贵。干，求取。

[9] 看看：估量时间之词。眼看、转瞬之意。宋王安石《马上》诗："年光如水尽东流，风物看看又即秋。"

孙周卿

孙周卿，生平不详。《太平乐府》说他是“古邠人”（今陕西邠县一带）。孙楷第《元曲家考略》据《辍耕录》载孙周卿之婿傅若金所记其妻殡志，云“其先汴人”（今河南开封市）。其妻年二十三来归，五月而卒，卒年为泰定五年（1328）。可知周卿之女生年为元成宗大德九年（1305）。倘周卿二十岁生女，则其生年当在元世祖至元二十二年（1285）前后。盖元初之散曲作家。现存小令二十三首。

【双调】水仙子

山居自乐[1]

朝吟暮醉两相宜，花落花开总不知。虚名嚼破无滋味，比闲人惹是非[2]。淡家私付与山妻[3]，水碓里舂来米[4]，山庄上线了鸡[5]，事事休提。

✤ 注释

[1] 题共四首，所选为第四首。

[2]“虚名”二句：是说功名都是虚空之物，看破了毫无滋味，不过像闲人招惹是非一样无聊。比：相同，好像。

[3] 淡家私：指家产清贫。山妻：自称其妻的谦词。

[4] 水碓（duì）：利用水力舂米的工具。

[5] 线了鸡：阉了鸡。线，通“骟”，阉割。

【双调】沉醉东风

宫　词

双拂黛停分翠羽[1]，一窝云半吐犀梳[2]。宝靥香[3]，罗襦素[4]，海棠娇睡起谁扶[5]。肠断春风倦绣图，生怕见纱窗唾缕[6]。

又

花月下温柔醉人，锦堂中笑语生春。眼底情，心间恨，到多如楚雨巫云[7]。门掩黄昏月半痕[8]，手抵着牙儿自哂[9]。

✤ 注 释

[1] 双拂黛：指画出两叶黛眉。黛，青黑色的颜料，古代女子用以画眉。停分：平分。翠羽：翠绿色的鸟羽，这里比喻黛眉。

[2] 一窝云：比喻女子松软秀美的头发。半吐犀梳：指插在头发中的犀角梳子隐约可见。

[3] 宝靥（yè）：俗名靥子，古代妇女的一种面部化妆。这里指把金纸剪成小圆点形状贴在脸颊两边的酒窝处。

[4] 罗襦：丝织品制成的短袄。素：淡雅。

[5] 海棠娇睡起谁扶：用唐明皇喻杨贵妃为“睡海棠”事。详见马致远《四块玉·马嵬坡》注[2]。

[6] 生怕见纱窗唾缕：见查德卿《一半儿·拟美人八咏》注[13]。

[7] 楚雨巫云：指男女欢会。详见乔吉《水仙子·嘲楚仪》注[4]。

[8] 门掩黄昏：宋欧阳修《蝶恋花》词：“门掩黄昏，无计留春住。”

[9] 自哂（shěn）：自笑。指自笑孤独寂寞。

王元鼎

王元鼎，生卒年不详，《录鬼簿》称其为“前辈名公”。曾官翰林学士，与元文宗时著名歌妓顺时秀交往密切。孙楷第《元曲家考略》据元吴澄《玉元鼎字说》一文（《吴文正公集》卷六），认为其人姓“玉”，不姓“王”，盖形近而误，其先为西域人。擅散曲，文词流美。现存小令七首，套数二篇。

【正宫】醉太平

寒　食[1]

声声啼乳鸦，生叫破韶华[2]。夜深微雨润堤沙，香风万家。画楼洗尽鸳鸯瓦[3]，彩绳半湿秋千架[4]。觉来红日上窗纱[5]，听街头卖杏花[6]。

✤注释

[1] 题共四首。所选为第二首。寒食：节令名，在清明前一日或二日。

[2] 生：偏偏，硬是。韶华：指美好的春光。

[3] 鸳鸯瓦：互相成对的瓦。一说屋瓦一俯一仰为鸳鸯瓦。

[4] 彩绳：指秋千索。

[5] 觉来红日上窗纱：宋程颢《秋日》诗：“睡觉东窗日已红。”

[6] 听街头卖杏花：宋陆游《临安春雨初霁》诗：“小楼一夜听春雨，深巷明朝卖杏花。”

吴西逸

吴西逸，生平不详。约与贯云石同时。《太和正音谱》称其散曲“如空谷流泉”。现存小令四十七首。

【双调】殿前欢[1]

懒云巢[2]，碧天无际雁行高。玉箫鹤背青松道[3]，乐笑逍遥。溪翁解冷淡嘲[4]，山鬼放揶揄笑[5]，村妇唱糊涂调。风涛险我，我险风涛[6]。

✤ **注释**

[1] 元散曲家阿里西瑛在苏州的住所名懒云窝，自作《殿前欢》曲以咏之。贯云石、乔吉、卫立中、吴西逸等皆有和作，和作例为六首。此选吴西逸《殿前欢》即为和作六首之三。

[2] 懒云巢：即懒云窝，阿里西瑛住所名号。

[3] 玉箫鹤背：暗用王子晋吹箫骑鹤仙去事。详见乔吉《水仙子·乐清箫台》注[6]。这里形容主人仙风道骨，无凡俗之气。

[4] 溪翁：指溪谷隐逸之士。解嘲：因被人嘲笑而自作解释。汉哀帝时，外戚内侍专权，趋附者纷纷升官。扬雄却闭门著书，自甘淡泊。别人嘲笑他，他作《解嘲》以答之。这句是说对世俗讥笑其甘居冷淡生涯而毫不在意。

[5] 山鬼放揶揄笑：晋代罗友才学过人，而贫困落魄，曾为桓温的幕僚。桓温虽器重其才学，却认为他放荡不羁，不宜做官。有一次，府中有人得任郡守，桓温设宴送行，罗友迟到了，问其原因，他说：“我很早就出门，在路上碰到一个鬼，嘲笑我说：‘我只看见你送别人去做官，却为何不见有人送你做官上任？’我感到很惭愧，作了一番解释，所以就迟到了。”见《世说新语·任诞》“襄阳罗友有大韵”注引《晋阳秋》。揶揄（yé yú）：嘲笑。

[6]“风涛”二句：写宦海风涛，险恶不测，但自己超然物外，再险的风涛也无可奈何。

【双调】殿前欢[1]

懒云凹[2]，按行松菊讯桑麻[3]。声名不在渊明下，冷淡生涯。味偏长凤髓茶[4]，梦已随蝴蝶化[5]，身不入麒麟画[6]。莺花厌我，我厌莺花[7]。

✤ 注 释

[1] 此为和作六首之六。详见前首注[1]。

[2] 懒云凹（wā）：即懒云窝。参见前首注[2]。凹，四周高，中间低的地方。

[3] 按行：巡行，巡视。松菊：晋陶渊明《归去来辞》：“三径就荒，松菊犹存。”讯桑麻：指询问农作物的生长情况。陶渊明《归园田居》诗之二：“相见无杂言，但道桑麻长。”

[4] 凤髓茶：唐宋时福建建安（今福州市）生产的一种名茶。

[5] 梦已随蝴蝶化：用庄周梦蝶事。详见王和卿《醉中天·咏大蝴蝶》注[2]。

[6] 麒麟画：汉未央宫中有麒麟阁，汉武帝时所建。汉宣帝时画功臣霍光、张安世、赵充国、苏武等十一人图像于阁。这里指功名显赫，受到朝廷表彰。

[7] 莺花：指莺啼花开的春光。这里借指世俗的荣华。这两句是说荣华与自己无缘，自己也厌弃荣华。

【双调】雁儿落带过得胜令

叹 世[1]

春花闻杜鹃[2]，秋月看归燕。人情薄似云，风景疾如箭[3]。

留下买花钱，趱入种桑园[4]。茅盖三间厦[5]，秧肥数顷田。床边放一册冷淡渊明传，窗前抄几首清新杜甫篇[6]。

✤ 注释

[1] 题共二首，这是第二首。

[2] 杜鹃：又名杜宇、子规，常于暮春时节啼鸣，啼声凄苦，似说“不如归去”。

[3] 风景疾如箭：比喻四季景物变化很快。

[4] “留下”二句：是说节约消闲享乐的开支，把钱积聚起来，投入农桑生产中去。买花钱：指消闲享乐的费用。儹（zǎn）：通“攒”，积聚。元无名氏《满庭芳》：“儹下百十笼轻罗异锦，藏下五七箱美玉良金。”

[5] 盖：一作“苫”。

[6] “床边”二句：意谓以自甘淡泊的陶渊明为人生榜样，以清新自然的杜甫诗篇怡悦性情。

【商调】梧叶儿

春 情

香随梦，肌褪雪[1]，锦字记离别[2]。春去情难再，更长愁易结[3]。花外月儿斜，淹粉泪微微睡些[4]。

✤ 注释

[1] 肌褪雪：指美人雪白的肌肤逐渐消瘦。褪（tùn），消减。

[2] 锦字：前秦时秦州刺史窦滔被流放到边荒，妻子苏蕙思念他，织锦为《回文璇玑图》诗寄给丈夫，可以宛转循环阅读，词意凄婉。见《晋书·窦滔妻苏氏传》。后称妻子寄给丈夫的书信为“锦字”。

[3] 更（gēng）长：夜长。一夜分五更。

[4] 淹：通“掩”。五代孙光宪《酒泉子》词：“泪淹红，眉敛翠，恨沉沉。”

卫立中

卫立中，名德辰，字立中，华亭（今上海市松江县）人。素以才干称，善书法。有“和阿里西瑛懒云窝”词，知为同时。现存小令二首。

【双调】殿前欢

碧云深，碧云深处路难寻。数椽茅屋和云赁[1]，云在松阴。挂云和八尺琴[2]，卧苔石将云根枕[3]，折梅蕊把云梢沁[4]。云心无我，云我无心[5]。

✤ **注 释**

[1]“数椽”句：是说把茅屋连白云都租下了。意谓住处得云山之胜。和：连着。赁（lìn）：租借。

[2] 云和八尺琴：《周礼·春官·大司乐》：“孤竹之管，云和之琴瑟。”云和，山名。以产琴瑟著称。

[3] 云根：指山石。古人以为云“触石而生”，故称石为云根。

[4]“折梅蕊”句：指梅蕊高入云霄，浸透了高空云雾之气。

[5]“云心”二句：是说云我融为一体。陶渊明《归去来辞》：“云无心以出岫。”此二句暗用其意。

张可久

张可久(一作久可),字小山,约生于至元初(1270年前),卒于至正初(1340年后),庆元(今浙江鄞县)人。以路吏转掌管文牍的首领官,又曾为桐庐典史,官小职卑,仕途上很不得志。于是放怀诗酒,浪迹江湖,晚年久居杭州。他成名较早,但习惯上把他看作元代后期散曲的重要作家。一生致力散曲创作,有《苏堤渔唱》、《小山北曲联乐府》等散曲集。现传小令八百五十余首,套数九篇,为元代散曲作家中传世作品最多的一位。多写景抒怀及男女恋情之作,表现出典型的文人审美情趣,曲风有诗词化倾向,对明清曲坛影响很大。明李开先把乔吉和他二人比为诗中的李杜,可见推重之一斑。

【双调】水仙子

次　韵

蝇头老子五千言[1],鹤背扬州十万钱[2],白云两袖吟魂健。赋庄生《秋水篇》[3],布袍宽风月无边。名不上琼林殿[4],梦不到金谷园[5],海上神仙。

✤ **注 释**

[1] 蝇头:比喻细小事物。这里指小字。老子五千言:指老子所著的《道德经》,全书约五千字。

[2] “鹤背”句:见前乔吉《山坡羊·寄兴》注[2]。

[3] 庄生:即庄周,著有《庄子》五十三篇。今存三十三篇,分内篇、外篇、杂篇三部分。《秋水》属外篇。文笔汪洋恣肆。

[4]“名不”句：表示不追求功名利禄。琼林殿：即琼林苑，在宋代汴京（今河南开封市）城西，宋代皇帝赐新科进士酒宴的地方。

[5]“梦不”句：表示不羡慕富贵荣华。金谷园：晋代官僚豪富石崇的别墅。旧址在今河南洛阳市西北。

【双调】水仙子

山斋小集

玉笙吹老碧桃花[1]，石鼎烹来紫笋芽[2]，山斋看了黄筌画[3]。荼蘼香满把[4]，自然不尚奢华。醉李白名千载，富陶朱能几家[5]？贫不了诗酒生涯。

✤注释

[1]玉笙：笙的美称。笙，管乐器。通常用十三根长短不同的竹管制成。吹老碧桃花：指吹奏时间之长，次数之频。从碧桃花初开到萎谢都在吹奏。

[2]石鼎：古代石制的煎烹之器。紫笋芽：指名贵的新茶。唐代湖州顾渚所产的紫笋茶最著名，列为贡品。

[3]黄筌：五代后蜀画家，擅画花鸟，自成一派。与江南画家徐熙并称“徐黄”。

[4]荼蘼（tú mí）：木本花名，花白色，香气浓郁。

[5]陶朱：陶朱公，即春秋时越国大夫范蠡。相传他功成身退，携西施游于五湖，后至陶（今山东定陶县），称朱公，以经商致富。后世常以指称富翁。

【双调】水仙子

乐　闲

铁衣披雪紫金关[1]，彩笔题花白玉栏[2]，渔舟棹月黄芦岸。几般儿君试拣，立功名只不如闲[3]。李翰林身何在[4]，许将军血未干[5]，播高风千古严滩[6]。

✤注释

[1]铁衣：指古代将士所穿的以铁片护身的战衣。紫金关：又名紫荆关，在

河北易县西紫荆岭上，即太行蒲阴陉，为古代军事戍守重地。这里泛指边防要塞。

[2] 彩笔题花：传说唐玄宗在宫中赏芍药花，命翰林学士李白谱写新词，李白作《清平调》三章。其中有“云想衣裳花想容，春风拂槛露华浓”之句。见宋王灼《碧鸡漫志》引《松窗录》。白玉栏：指花药栏杆。

[3] “几般”二句：承上三句，指武将立功边塞，文人供奉翰林，渔翁垂钓江岸，这三种人生道路让你选择。结论是功名富贵总不如一身清闲。亦呼应下面三句。

[4] 李翰林：指李白，曾任翰林供奉。

[5] 许将军：指唐代睢阳太守许远。安史之乱时，他与张巡死守围城，城破被俘，不屈而死。

[6] 严滩：参见鲜于必仁《寨儿令》注[1]、注[5]。

【双调】水仙子

归 兴

淡文章不到紫薇郎[1]，小根脚难登白玉堂[2]，远功名却怕黄茅瘴[3]。老来也思故乡，想途中梦感魂伤。云莽莽冯公岭[4]，浪淘淘扬子江[5]，水远山长。

✤ **注 释**

[1] 淡文章：指内容浅薄，缺少文采的文章。紫薇郎：唐代中书郎的别称。唐开元中改中书省为紫微省，取天文紫微垣为义，后于中书省庭院中植紫薇花，故又称紫薇省。白居易《紫薇花》诗：“独坐黄昏谁是伴？紫薇花对紫薇郎。”这里借指文职高官。

[2] 小根脚：指出身微贱。根脚，犹根基，指家世、资历等个人的进身之本。白玉堂：又称玉堂，翰林院的别称。宋太宗曾为翰林院书“玉堂之署”四字。

[3] 黄茅瘴：指南方山林中秋天茅草枯黄时发生的瘴气。见唐郑熊《番禺杂记》。瘴，瘴气，南方山林中的湿热之气，古人以为能致病。这句是说仕途险恶，一不小心，就可能贬死于南方瘴疠之地，所以使人害怕而疏远功名。

[4] 冯公岭：在今浙江丽水。《括苍汇纪》："善士冯大杲所凿，宋杨亿比于蜀剑阁云。"

[5] 淘淘：义同"滔滔"。扬子江：即长江。

【双调】折桂令

九 日[1]

对青山强整乌纱[2]。归雁横秋，倦客思家。翠袖殷勤[3]，金杯错落[4]，玉手琵琶[5]。人老去西风白发，蝶愁来明日黄花[6]。回首天涯，一抹斜阳，数点寒鸦[7]。

✤注释

[1] 九日：农历九月九日，即重阳节。有登高赏菊的习俗。

[2] "对青山"句：用晋孟嘉落帽事。见马致远《拨不断》注[4]。乌纱：乌纱帽。这句是说勉强打起精神登高。

[3] 翠袖殷勤：指歌女劝酒。宋晏幾道《鹧鸪天》词："彩袖殷勤捧玉钟，当年拚却醉颜红。"

[4] 金杯错落：杯盏交错，形容座客畅饮尽醉。

[5] 玉手琵琶：指歌女弹琵琶侑酒助兴。

[6] "蝶愁"句：化用宋苏轼《九日次韵王巩》诗："相逢不用忙归去，明日黄花蝶也愁。"黄花：菊花。后以"明日黄花"喻过时的事物。

[7] "一抹"二句：化用宋秦观《满庭芳》词："斜阳外，寒鸦数点，流水绕孤村。"

【双调】折桂令

次酸斋韵[1]

倚栏杆不尽兴亡。数九点齐州[2]，八景湘江[3]。吊古词香，招仙笛响，引兴杯长[4]。远树烟云渺茫，空山雪月苍凉。白鹤双双，剑客昂昂，锦语琅琅[5]。

✤ 注释

[1] 酸斋：即贯云石，见本书作者介绍。

[2] 九点齐州：齐州，即中州，犹言中国。《尚书·禹贡》把中国分为冀、豫、雍、扬、兖、徐、梁、青、荆九州。唐李贺《梦天》诗："遥望齐州九点烟。"指从高处俯瞰中国大地，九州只如九点小小的烟尘。

[3] 八景湘江：即潇湘八景，指山市晴岚、远浦归帆、平沙落雁、潇湘夜雨、烟寺晚钟、渔村夕照、江天暮雪、洞庭秋月。

[4] 引兴杯长：指兴致好，酒喝得多。唐杜甫《夜宴左氏庄》诗："看剑引杯长。"

[5] "白鹤"三句：指养鹤、舞剑、吟诗。锦语：指诗词佳句。琅琅：形容音韵响亮动听。

【中吕】满庭芳

客中九日

乾坤俯仰，贤愚醉醒，今古兴亡[1]。剑花寒，夜坐归心壮，又是他乡。九日明朝酒香，一年好景橙黄[2]。龙山上，西风树响，吹老鬓毛霜[3]。

✤ 注释

[1] "乾坤"三句：意谓俯仰天地之间，阅尽人间百态，感慨今古兴亡。晋王羲之《兰亭集序》："仰观宇宙之大，俯察品类之盛。"《楚辞·渔父》："举世皆浊我独清，众人皆醉我独醒。"

[2] 一年好景橙黄：化用苏轼《赠刘景文》诗："一年好景君须记，最是橙黄橘绿时。"

[3] "龙山"三句：用晋桓温重阳登龙山宴客，风吹孟嘉帽落事。慨叹西风迟暮，依人作客。龙山：在今湖北江陵县西北。

【中吕】普天乐

秋　怀

为谁忙，莫非命。西风驿马，落月书灯[1]。青天蜀道难[2]，红叶吴江冷[3]。两字功名频看镜[4]，不饶人白发星星[5]。钓鱼子陵[6]，思莼季鹰[7]，笑我飘零。

✤注释

[1]“西风”二句：慨叹终年奔波旅途，一生苦读不休。驿马：古代驿站供传递公文者及往来官员使用的马。旧时星相家称主奔波劳碌之星为“驿马星”。

[2]青天蜀道难：李白《蜀道难》诗：“蜀道之难难于上青天。”

[3]红叶吴江冷：唐代诗人崔信明有断句：“枫落吴江冷。”被人传诵。吴江，即松江，太湖最大的支流。

[4]功名频看镜：唐杜甫《江上》诗：“勋业频看镜，行藏独倚楼。”此用其意。慨叹年华老大，功业未就。

[5]“不饶人”句：唐杜牧《送隐者一绝》：“公道世间唯白发，贵人头上不曾饶。”此用其意。

[6]钓鱼子陵：用严光事。见鲜于必仁《寨儿令》注[1]。

[7]思莼季鹰：晋张翰，字季鹰，吴郡人，在洛阳做官，因见秋风起，思念家乡的菰菜、莼羹和鲈鱼脍，就辞官归乡。见《晋书·张翰传》。

【越调】寨儿令

次韵

你见么，我愁他，青门几年不种瓜[1]。世味嚼蜡[2]，尘事抟沙[3]，聚散树头鸦。自休官清煞陶家[4]，为调羹俗了梅花[5]。饮一杯金谷酒[6]，分七碗玉川茶[7]。嗏[8]，不强如坐三日县官衙[9]！

✤注释

[1]“青门”句：用邵平在长安东青门种瓜事。见薛昂夫《山坡羊》（大江东去）注[5]。

[2]世味嚼蜡：宋王安石《示董伯懿》诗：“嚼蜡已能忘世味，画脂那更惜时名。”嚼蜡，比喻无味。

[3] 尘事：世俗之事。抟（tuán）沙：捏沙成团。比喻聚而易散。宋苏轼《二公再和亦再答之》诗："亲友如抟沙，放手还复散。"

[4] "自休官"句：以陶渊明辞官归隐相比，表示休官以后，生活清闲自在。

[5] "为调羹"句：梅子味酸，古人把它同盐一样作为调味品。《尚书·说命下》："若作和羹，尔惟盐梅。"这是殷高宗任命傅说为相之时说的话。后来常以盐梅喻宰相或职权相当于宰相之人。这里是说梅花本是清雅之物，如作调羹之用，就显得俗了。比喻保持隐士的清高品性，不愿做官。

[6] 金谷酒：晋代石崇在洛阳附近造金谷园别墅，常在园中宴客，即席赋诗，赋诗不成者，罚酒三杯。

[7] 七碗玉川茶：唐代诗人卢仝，号玉川子，喜饮茶。其《走笔谢孟谏议寄新茶》有云："一碗喉吻润，两碗破孤闷。三碗搜枯肠，唯有文字五千卷。四碗发轻汗，平生不平事，尽向毛孔散。五碗肌骨轻，六碗通仙灵。七碗吃不得也，唯觉两腋习习清风生。"

[8] 嗏（chā）：语气词。

[9] "不强如"句：是说隐居休闲之乐，胜过县官在衙门坐堂问事。不强如：即岂不强如，胜过。

【双调】殿前欢

次酸斋[1]

钓鱼台[2]，十年不上野鸥猜[3]。白云来往青山在，对酒开怀。欠伊、周济世才[4]，犯刘、阮贪杯戒[5]，还李、杜吟诗债[6]。酸斋笑我，我笑酸斋。

又

唤归来，西湖山上野猿哀[7]。二十年多少风流怪，花落花开。望云霄拜将台[8]，袖星斗安邦策[9]，破烟月迷魂寨[10]。酸斋笑我，我笑酸斋。

✤ 注 释

[1] 酸斋：即贯云石，见本书作者介绍。这两首是次韵贯云石《殿前欢》（畅幽哉）而作，本书已选，可参看。

[2] 钓鱼台：指严子陵钓台。见鲜于必仁《寨儿令》注[1]、注[5]。

[3] 野鸥猜：被鸥鸟猜疑。传说海边有人很喜欢鸥鸟，鸥鸟也亲近他，成群地跟他游戏。他父亲就叫他抓一只来玩玩。第二天他到海边，鸥鸟看见他就不敢飞下来了。见《列子·黄帝》。

[4] 伊、周：伊尹、周公。伊尹曾辅佐汤讨伐夏桀，被封为宰相。周公曾辅佐成王，摄行政事。后世常以伊、周指主持国政的大臣。

[5] 刘、阮：指刘伶、阮籍，都是晋代名士，"竹林七贤"中人物，佯狂嗜酒，放荡不羁。

[6] 李、杜：指唐代诗人李白和杜甫。

[7] "西湖"句：意谓如再不归隐西湖，山中的猿猴就要哀啼了。南朝齐孔稚珪作《北山移文》讽刺出山做官的隐士，有句说："蕙帐空兮夜鹤怨，山人去兮晓猿惊。"这里反用其意。系就贯云石原唱"怕鹤怨山禽怪"而发。

[8] 拜将台：汉初韩信，起初在项羽部下，不受任用；转而投奔刘邦，也不能用，后因萧何力荐，登坛拜为大将。战功卓著，封楚王。

[9] 袖星斗安邦策：喻藏有安邦定国的妙计。宋辛弃疾《满江红·建康史帅致道席上赋》词："袖里珍奇光五色，他年要补天西北。"

[10] 烟月迷魂寨：指歌楼妓院。

【双调】殿前欢

离 思

月笼沙[1]，十年心事付琵琶[2]。相思懒看帏屏画，人在天涯。春残豆蔻花[3]，情寄鸳鸯帕，香冷荼蘼架[4]。旧游台榭，晓梦窗纱。

✤ 注 释

[1] 月笼沙：唐杜牧《泊秦淮》诗："烟笼寒水月笼沙。"

[2] 十年心事付琵琶：唐白居易《琵琶行》："弦弦掩抑声声思，似诉平生不得

志。低眉信手续续弹，说尽心中无限事。”此用其句意。

[3] 豆蔻：多年生草本植物，初夏开花。

[4] 荼蘼：见作者《水仙子·山斋小集》注[4]。

【双调】殿前欢

客 中

望长安，前程渺渺鬓斑斑。南来北往随征雁，行路难。青泥小剑关[1]，红叶湓江岸[2]，白草连云栈[3]。功名半纸，风雪千山。

✤ 注 释

[1] 青泥：指青泥岭，在今陕西略阳县西北。路途崎岖曲折。李白《蜀道难》：“青泥何盘盘，百步九折萦岩峦。”剑关：即剑门关，在今四川剑阁县北，形势险要。李白《蜀道难》：“剑阁峥嵘而崔嵬，一夫当关，万夫莫开。”

[2] 红叶湓江岸：湓江，源出江西瑞昌县西清湓山，东流经九江城下，名湓浦口，北流入长江。唐代白居易送客湓浦口时，感江上琵琶声，曾作《琵琶行》，有句云：“浔阳江头夜送客，枫叶荻花秋瑟瑟。”

[3] 白草：枯草。连云栈：栈道名，在陕西汉中地区，为古代川陕之间通道，全长四百七十里。

【双调】清江引

春 思

黄莺乱啼门外柳，雨细清明后。能消几日春[1]，又是相思瘦。梨花小窗人病酒[2]。

✤ 注 释

[1] 能消几日春：宋辛弃疾《摸鱼儿》词：“更能消几番风雨，匆匆春又归去。”消，经受。

[2] 病酒：饮酒过量而生病。

【双调】清江引

春　晚

平安信来刚半纸，几对鸳鸯字[1]。花开望远行，玉减伤春事[2]。东风草堂飞燕子。

✤注释

[1]“平安”二句：是说家信写得很短，相思的话也没有几句。平安信：家信。刚：只有。鸳鸯字：指相思爱恋的文辞。元无名氏《醉中天・咏鞋》：“书写鸳鸯字，惠寄断肠词。”

[2] 玉减：指美人玉肌逐渐消瘦。

【越调】小桃红

寄鉴湖诸友[1]

一城秋雨豆花凉，闲倚平山望[2]。不似年时鉴湖上[3]，锦云香[4]，采莲人语荷花荡。西风雁行，清溪渔唱，吹恨入沧浪[5]。

✤注释

[1] 鉴湖：又名镜湖，在今浙江绍兴市西南。

[2] 平山：指平山堂。在今江苏扬州市西北瘦西湖北蜀冈上。宋庆历八年郡守欧阳修所建，因登堂可以望见江南诸山，故名。欧阳修《朝中措・平山堂》词：“平山栏槛倚晴空，山色有无中。”

[3] 年时：当年，从前。

[4] 锦云：美丽的彩云。这里比喻荷花。

[5]“清溪”二句：遗憾不能如渔父一样悠然避世，归隐江湖。《楚辞・渔父》记隐者渔父之歌云：“沧浪之水清兮，可以濯吾缨；沧浪之水浊兮，可以濯吾

足。” 沧浪：水色青苍的样子。

【中吕】朝天子

山中杂书

醉余，草书，李愿盘谷序[1]。青山一片范宽图[2]，怪我来何暮。鹤骨清癯[3]，蜗壳蘧庐[4]，得安闲心自足。蹇驴，酒壶，风雪梅花路[5]。

✤ 注释

[1] 李愿盘谷序：指唐代韩愈所作的《送李愿归盘谷序》。文中赞美盘谷山中“泉甘而土肥”，是宜于隐居之地。

[2] 范宽：北宋著名的山水画家。

[3] 鹤骨：形容体骨清瘦。唐齐己《戊辰岁汀中寄郑谷郎中》诗：“瘦应成鹤骨，闲想似禅心。”清癯（qú）：清瘦。

[4] 蜗壳蘧庐：形容住屋局促简陋。三国时焦先所居狭小，形如蜗牛壳，称蜗庐。蘧庐：旅舍。

[5] “蹇驴”三句：用唐代诗人孟浩然骑驴携酒，踏雪寻梅的故事。蹇驴：瘦弱的驴子。

【中吕】朝天子

湖　上

瘿杯[1]，玉醅[2]，梦冷芦花被[3]。风清月白总相宜[4]，乐在其中矣[5]！寿过颜回[6]，饱似伯夷[7]，闲如越范蠡[8]。问谁，是非？且向西湖醉。

✤ 注释

[1] 瘿（yǐng）杯：用瘤状形的树根制成的酒杯。

[2] 玉醅（pēi）：美酒。醅，未滤过的酒。

[3]“梦冷”句：南朝宋师觉授《孝子传》：“闵子骞幼时为后母所苦，冬月以芦花衣之以代絮。”芦花被：用芦絮当芯的被，不能保暖。形容生活清贫。

[4]“风清”句：化用宋苏轼《后赤壁赋》：“月白风清，如此良夜何？”又《饮湖上初晴后雨》诗：“欲把西湖比西子，淡妆浓抹总相宜。”这里写以旷达的襟怀欣赏自然风光，感到无所不宜。

[5]乐在其中矣：语本《论语·述而》：“饭蔬食饮水，曲肱而枕之，乐亦在其中矣。”

[6]颜回：即颜渊，孔子的弟子。只活了三十二岁。

[7]伯夷：殷代遗民，周武王立国后，与弟弟叔齐决心不食周粟，隐居首阳山，采薇而食，后饿死。

[8]范蠡：见马致远《四块玉·洞庭湖》注[1]。

【双调】朝天子

闺　情

与谁，画眉，猜破风流谜[1]。铜驼巷里玉骢嘶[2]，夜半归来醉。小意收拾[3]，怪胆禁持[4]，不识羞谁似你。自知理亏，灯下和衣睡。

✤注释

[1]“与谁”三句：猜疑丈夫有外遇。画眉：用汉张敞为妻子画眉事。见《汉书》本传。

[2]铜驼巷：汉代在洛阳宫殿南面的四通路口放置了两只铜铸的骆驼，夹路相对，成为当时繁华热闹之区。俗语有“铜驼陌上集少年”之称。见晋陆机《洛阳记》。这里借指富家公子居住的街道。玉骢：骏马。

[3]小意收拾：小心服侍。

[4]怪胆禁持：指男子借着酒意放胆纠缠。禁持，纠缠不休。

【中吕】红绣鞋

春日湖上

绿树当门酒肆，红妆映水鬟儿[1]。眼底殷勤座间诗[2]。尘埃三五字[3]，杨柳万千丝，记年时曾到此[4]。

✤ 注释

[1]“红妆”句：写姑娘打扮得漂漂亮亮的临湖卖酒。鬟儿：古代女子梳的环形发髻。

[2] 眼底：眼前。

[3] 尘埃三五字：指当年壁上所题的诗句，已被尘埃所封。

[4] 年时：当年，从前。

【中吕】红绣鞋

湖　上

无是无非心事，不寒不暖花时，妆点西湖似西施，控青丝玉面马[1]，歌《金缕》粉团儿[2]，信人生行乐耳[3]！

✤ 注释

[1] 青丝：指青丝做的缰绳。玉面马：唐玄宗有名马玉花骢，又名玉面花骢。见唐郑处诲《明皇杂录》。这里借指名马。

[2]“歌《金缕》”句：是说粉团儿般白净娇嫩的歌女在唱《金缕曲》。《金缕曲》，词牌和曲牌名，又名《贺新郎》、《乳燕飞》。

[3] 信人生行乐耳：汉杨恽《报孙会宗书》：“人生行乐耳，须富贵何时！”此用其句意。信，确实，的确。

【中吕】红绣鞋

天台瀑布寺[1]

绝顶峰攒雪剑[2]，悬崖水挂冰帘，倚树哀猿弄云尖[3]。血华啼杜宇[4]，阴洞吼飞廉[5]，比人心山未险。

✤注释

[1] 天台：山名，在浙江天台县北，山有石梁瀑布，附近有方广寺。

[2] 绝顶峰攒雪剑：形容山峰尖削、高寒，好像聚集着一排寒光闪闪的剑。唐柳宗元《与浩初上人同看山寄京华亲故》诗："海畔尖山似剑铓。"

[3] 弄云尖：指猿声响彻高空。弄，啼叫。

[4] 血华啼杜宇：写杜鹃鸣声凄厉，好像啼出血来。血华，血花。

[5] 阴洞吼飞廉：写山洞中阴风怒吼。飞廉，传说中的风神。

【双调】沉醉东风

秋夜旅思

二十五点秋更鼓声[1]，千三百里水馆邮程[2]。青山去路长，红树西风冷。百年人半纸虚名。得似璩源阁上僧，午睡足梅窗日影[3]。

✤注释

[1] 二十五点秋更鼓声：古代把一夜分为五更，每更分为五点，故一夜须报更二十五点。这里是写彻夜未眠，故听到二十五点报更声。

[2] 水馆邮程：指水陆旅程。

[3]"得似"二句：以自己的奔波辛劳与僧人的恬淡安乐作比，不胜感慨。宋苏轼《龟山》诗："身行万里半天下，僧卧一庵初白头。"句意似之。得似：哪得像。璩源阁：即璩源寺，在浙江江山县东南六十里。五代后晋天福七年(942)建。

【越调】天净沙

鲁卿庵中[1]

青苔古木萧萧，苍云秋水迢迢[2]，红叶山斋小小。有谁曾到？探梅人过溪桥。

✤ 注释

[1] 鲁卿：作者友人，生平待考。

[2] 秋水迢迢：秋水明远貌。唐杜牧《寄扬州韩绰判官》诗："青山隐隐水迢迢。"

【双调】庆东原

次马致远先辈韵[1]

诗情放，剑气豪，英雄不把穷通较[2]。江中斩蛟[3]，云间射雕[4]，席上挥毫[5]。他得志笑闲人，他失脚闲人笑。

✤ 注释

[1] 原题九首，所选为第五首。

[2] 穷通：失意和显达。较：计较。

[3] 江中斩蛟：晋周处曾入水斩蛟，为民除害。见《晋书》本传。

[4] 云间射雕：北齐斛律光在随世宗校猎时，曾射落大雕，被赞为云中射雕手。见《北齐书・斛律金传附传》。

[5] 席上挥毫：指酒席上即兴创作，才思敏捷。宋欧阳修《朝中措・送刘仲原甫出守维扬》词："文章太守，挥毫万字，一饮千钟。"

【正宫】醉太平

无　题

人皆嫌命窘[1]，谁不见钱亲。水晶环入麦糊盆，才沾粘便滚[2]。文章糊了盛钱囤[3]，门庭改做迷魂阵[4]，清廉贬入睡馄饨。胡芦提倒稳[5]！

✤ 注 释

[1] 命窘：命运窘迫，穷困。

[2] "水晶环"二句：比喻一入名利场，身心就受污染，利令智昏，不可收拾。

[3] 文章糊了盛钱囤：比喻以写作为赚钱的工具，完全不顾读书人的操守，斯文扫地。

[4] 迷魂阵：指歌楼妓馆。

[5] "清廉"二句：是说社会道德观念颠倒，清正廉明的人被贬为傻瓜；真正的糊涂虫却安安稳稳地升官发财。睡馄饨：形容睡得迷迷糊糊，神志不清。胡芦提：糊里糊涂。

【中吕】迎仙客

括山道中[1]

云冉冉，草纤纤，谁家隐居山半崦[2]。水烟寒，溪路险。半幅青帘[3]，五里桃花店。

✤ 注 释

[1] 括山：即括苍山，在浙江省东南部。

[2] 崦（yān）：山坳。

[3] 青帘：酒旗。

【越调】凭栏人

暮春即事

小玉栏杆月半掐[1]，嫩绿池塘春几家。乌啼芳树丫[2]，燕衔黄柳花。

✤ **注 释**

[1] 月半掐(qiā):弯弯的月牙。掐,拇指和另一手指尖相对握着,成圆圈形。半掐:半圆。

[2] 树丫:树桠杈。

【越调】凭栏人

江　夜

江水澄澄江月明,江上何人搊玉筝[1]?隔江和泪听[2],满江长叹声。

✤ **注 释**

[1] 搊(chōu):弹奏。筝:拨弦乐器。

[2] 和泪:带泪。指听筝声而泪下。

【双调】落梅风

春　晓

东风景,西子湖[1]。湿冥冥柳烟花雾[2],黄莺乱啼蝴蝶舞。几秋千打将春去[3]。

✤ **注 释**

[1] 西子湖:即杭州西湖。宋苏轼《饮湖上初晴后雨》诗有"欲把西湖比西子,淡妆浓抹总相宜"句,后世因称西湖为西子湖。

[2] 湿冥冥柳烟花雾:写雨中花光柳色迷濛如烟雾。

[3] 几秋千打将春去:荡秋千的少女,才打了几下秋千,就把春天打发走了。形容春天去得快。将,语助词。

【仙吕】一半儿

秋日宫词

花边娇月静妆楼，叶底沧波冷翠沟，池上好风闲御舟。可怜秋[1]，一半儿芙蓉一半儿柳。

✤ 注释

[1] 可怜：可爱。

【商调】梧叶儿

感 旧

肘后黄金印[1]，樽前白玉卮[2]，跃马少年时。巧手穿杨叶[3]，新声付柳枝[4]，信笔和梅诗。谁换却何郎鬓丝[5]？

✤ 注释

[1] 肘后黄金印：晋周颢曾说："取金印如斗大系肘。"见《晋书·周颢传》。后以喻立功升官。

[2] 白玉卮：白玉制的酒杯。

[3] 巧手穿杨叶：传说古代楚国有一位射手名叫养由基，他的箭能在百步之外射中杨柳的叶子，百发百中。见《史记·周本纪》。

[4] 柳枝：即《杨柳枝》，本为汉乐府横吹曲辞，唐代白居易依旧曲翻作新歌。其《杨柳枝词》有云："古歌旧曲君休听，听取新翻杨柳枝。"这里指新谱的歌曲。

[5] "信笔"二句：南朝梁诗人何逊曾为扬州法曹，官舍有梅花一株，时吟咏其下。后居洛阳，因思念梅花，请求再任扬州。到任之时，梅花正盛开，他终日对花，不忍离去。见《梁书》本传。杜甫《和裴迪登蜀州东亭送客逢早梅相忆见寄》诗："东阁官梅动诗兴，还如何逊在扬州。……江边一树垂垂发，朝夕催人自白头。"此兼用其意。

【正宫】小梁州

失　题[1]

篷窗风急雨丝丝[2]，闷捻吟髭[3]。淮阳西望路何之[4]？无一个鳞鸿至[5]。把酒问篙师[6]，迎头便说兵戈事[7]。风流再莫追思。塌了酒楼，焚了茶肆。柳营花市[8]，更呼甚燕子莺儿[9]。

✤ 注 释

[1] 此首《雍熙乐府》题为张可久撰，而张可久散曲集未收。又见于汤式《笔花集》，题为《扬子江阻风》，文字略有出入。《全元散曲》将其分属张、汤二家。按，以属汤氏为是。说见注[4]。

[2] 篷窗：船窗。

[3] 闷捻吟髭：指为解闷而作诗。吟髭，诗人的胡须。唐卢延让形容苦吟，有"吟安一个字，捻断数茎须"之句，故称吟髭。闷捻，原作"笑捻"，从《笔花集》改。

[4] 淮阳：今河南淮阳县，元代陈州府治。《笔花集》作"维扬"，即今江苏扬州市，与全曲所写情景较吻合，似可从。按，元至正十三年（1353），张士诚在泰州起兵，攻克高邮，自称诚王。明年，攻扬州。维扬花柳繁华之地毁于战火。汤式《天香引・忆维扬》有"歌舞都休，光景难留。富贵随落日西沉，繁华逐逝水东流"的慨叹，可与此首对看。时张可久当已去世，似不及见。

[5] 鳞鸿：鱼雁，指书信。这里指消息。无一个：据《笔花集》补。

[6] 篙师：船夫。

[7] 兵戈事：战事。

[8] 柳营花市：犹言柳巷花街。指妓女居处。亦作柳营花阵。汤式《对玉环带清江引・闺怨》套曲："他卖词章在柳营花阵里逞，不管人孤另。"

[9] 燕子莺儿：比喻妓女。

【南吕】金字经

感　兴

野唱敲牛角[1]，大功悬虎头[2]，一剑能成万户侯[3]。愁，黄沙白骷髅[4]。成名后，五湖寻钓舟[5]。

✤注释

[1] 野唱敲牛角：春秋时宁戚贫贱无以自达，一次齐桓公夜出迎客，宁戚正在喂牛，他就扣牛角而歌，引起桓公注意，结果受到重用。

[2] 大功悬虎头：是说立了大功，便可悬挂虎头牌。虎头：见张弘范《喜春来》注[2]。

[3] 万户侯：食邑万户的侯爵。泛指高官。

[4] 黄沙白骷髅：指抛骨于沙场，不得善终。

[5] 五湖寻钓舟：用范蠡事。详见马致远《四块玉·洞庭湖》注[1]。

【南吕】金字经

乐闲

百年浑似醉[1]，满怀都是春，高卧东山一片云[2]。嗔[3]，是非拂面尘。消磨尽，古今无限人[4]。

✤注释

[1] 百年浑似醉：唐杜甫《屏迹二首》之二："百年浑似醉，一月不梳头。"浑，简直，几乎。

[2] 高卧东山：东晋谢安（安石）早年隐居东山，朝廷屡诏不仕，时人因言："安石不出，将如苍生何！"见《晋书·谢安传》。东山：在浙江上虞县西南。一片云：南朝梁陶弘景隐居茅山不出，有诗答皇帝诏问云："山中何所有？岭上多白云。只可自怡悦，不堪持赠君。"这里借喻隐居的环境。

[3] 嗔：不满，厌恶。

[4] "是非"三句：慨叹世俗的是非红尘困扰、消磨了古往今来的无数人。

【正宫】塞鸿秋

春情

疏星淡月秋千院，愁云恨雨芙蓉面[1]。伤情燕足留红线[2]，恼人鸾影闲团扇[3]。兽炉沉水烟[4]，翠沼残花片[5]。一行写入相思传[6]。

✤ 注 释

[1] 芙蓉面：形容女子美丽的容颜。白居易《长恨歌》："芙蓉如面柳如眉。"

[2] 燕足留红线：北宋末妓女姚玉京嫁给襄州敬瑜，敬瑜死后，玉京守志奉养公婆。有双燕巢于梁间，一只被猛禽所获，另一只孤飞悲鸣，停在玉京臂上，好像与她告别。玉京以红线系燕足，嘱咐明年再来作伴。明年燕子果然又来。从此秋归春来，过了六七年。后玉京病死，燕子来时，家里人告诉它玉京的坟在城南。燕子就飞到玉京墓地，悲鸣而死。见宋曾慥《类说》引《丽情集·燕女坟》。

[3] 鸾影：据刘敬叔《异苑》载：罽（jì）宾国王买到一只鸾鸟，三年不鸣。后听夫人说鸾鸟见到同类则鸣，就用镜照它。鸾鸟见到镜中的影子，悲鸣冲霄，一奋而绝。又，古人常于团扇上画秦穆公女弄玉乘鸾仙去的故事。南朝梁江淹《杂拟》诗："纨扇如团月，出自机中来。画作秦王女，乘鸾向烟雾。"唐刘禹锡《团扇辞》："上有乘鸾女，苍苍虫网遍。"宋王安石《题扇》诗："玉斧修成宝月团，月中仍有女乘鸾。"这里绾合孤鸾与团扇二者，写女子独处春闺的离别相思之苦。

[4] 兽炉：兽形的金属香炉。沉水烟：即沉水香，俗名沉香，一种名贵香料，供燃焚。

[5] 翠沼残花片：碧绿的池水中飘浮着凋零的残花。沼，池塘。

[6] 一行（xíng）：当即。

【双调】庆宣和

毛氏池亭

云影天光乍有无[1]，老树扶疏[2]。万柄高荷小西湖。听雨，听雨。

✤ 注 释

[1] 云影天光：宋朱熹《观书有感》诗："半亩方塘一鉴开，天光云影共徘徊。"乍有无：时有时无，忽隐忽现。

[2] 扶疏：枝叶繁茂的样子。

【中吕】卖花声

怀　古

美人自刎乌江岸[1]，战火曾烧赤壁山[2]，将军空老玉门关[3]。伤心秦汉，生民涂炭[4]，读书人一声长叹！

✤ 注 释

[1] 美人自刎乌江岸：指项羽兵败垓下，与虞姬悲歌泣别，自刎于乌江之事。详见马致远《庆东原·叹世》注[3]，薛昂夫《塞鸿秋·凌歊台怀古》注[3]。美人，指项羽宠妾虞姬。项羽自刎的乌江，在今安徽和县东北四十里江岸，名乌江浦。按，《史记·项羽本纪》并未写及虞姬之死，清代女诗人吴永和《虞姬》诗曾有"惜哉太史公，不记美人死"之慨叹。这里说美人自刎乌江，并无史籍根据，而是活用典故。

[2] 战火曾烧赤壁山：指赤壁之战。见虞集《折桂令》注[5]。

[3] 将军空老玉门关：用东汉班超事。见邓玉宾《雁儿落带过得胜令》注[4]。

[4] 生民涂炭：指人民生活在水深火热之中。涂炭，泥沼和炭火，比喻困苦的处境。《尚书·仲虺之诰》："有夏昏德，民坠涂炭。"

【中吕】卖花声

客　况

十年落魄江滨客[1]，几度雷轰荐福碑[2]，男儿未遇暗伤怀。忆淮阴年少，灭楚为帅，气昂昂汉坛三拜[3]。

✤ 注 释

[1] 落魄(tuò)：穷困失意。杜牧《遣怀》："落魄江湖载酒行。"

[2] 雷轰荐福碑：宋惠洪《冷斋夜话》卷二："范文正公镇鄱阳，有书生献诗甚工，文正礼之。书生自言：'天下之至寒饿者无在某右。'时盛行欧阳率更(欧阳

询）书，《荐福寺碑》墨本值千钱。文正为具纸墨打千本，使售于京师。纸墨已具，一夕雷击碎其碑。故时人为之语曰：‘有客打碑来荐福，无人骑鹤上扬州。’东坡作《穷措大》诗曰：‘一夕雷轰荐福碑。’”后以“雷轰荐福碑”比喻命运不佳。

[3]“忆淮阴”三句：汉淮阴人韩信，年轻时贫贱无依，后因萧何力荐，被刘邦重用，登坛拜为大将，协助刘邦打败项羽，建立西汉王朝。

【正宫】汉东山

述　感

红妆间翠娥，罗绮列笙歌，重重金玉多[1]。受用也末哥[2]！二鬼无常上门呵[3]，怎地躲？索共他[4]，见阎罗[5]。

✤ **注 释**

[1]“红妆”三句：写富贵之家姬妾成群，穿着华丽，歌舞享乐，财宝堆积的情况。

[2]也末哥：亦作“也么哥”、“也波哥”、“也么歌”。宋元时口语，用作语助词，无实义。《汉东山》第四句末用“也末哥”为其定格。

[3]二鬼无常：指传说中阴曹地府的勾魂索命的鬼差。俗称白无常、黑无常，或死无常、活无常。

[4]索：须。共：与。

[5]阎罗：阎罗王，简称阎王。佛教传说中阴曹地府的统治者。

任 昱

任昱，字则明，四明（今浙江宁波市）人。与张可久、曹德同时。年轻时喜狎游，写过很多小曲，流传在歌妓中间。晚年立志读书，擅长七言诗。现存小令五十九首，套数一篇。

【中吕】红绣鞋

春 情

暗朱箔雨寒风峭[1]，试罗衣玉减香销[2]。落花时节怨良宵。银台灯影淡[3]，绣枕泪痕交。团圆春梦少。

✤注 释

[1] 朱箔：红色的帘子。

[2] 玉减香销：形容女子消瘦。

[3] 银台：银烛台。唐李白《清平乐》词：“鸾衾凤褥，夜夜常孤宿。更被银台红蜡烛，学妾泪珠相续。”

张子坚

张子坚，生平不详。张宪《挽张子坚》诗题下注云："讳风。"知其名"风"。诗有"文仅典州郡，武徒经乱离"、"身冷家人散，门荒过客悲"之句（见《玉笥集》卷八），可想见其身世。张可久有《清江引·张子坚运判席上》三首，知他与张可久同时，并曾任盐运判官。现存小令一首。

【双调】得胜令

宴罢恰初更，摆列着玉娉婷[1]。锦衣搭白马，纱笼照道行[2]。齐声，唱的是《阿纳忽》时行令[3]。酒且休斟，俺待据银鞍马上听[4]。

✤注释

[1]玉娉婷：指亭亭玉立的美女。

[2]纱笼：灯笼。

[3]阿纳忽：小令曲调名，属双调。时行令：流行的曲调。

[4]"酒且"二句：嘱咐且慢斟别酒，待于马上听完歌曲再说。既写歌声之动听，亦见客人流连忘返之情。

钱 霖

钱霖，字子云，松江（今上海市松江县）人。生卒年不详。天历、至顺年间，曾出家为道士，法名抱素，号泰庵。晚年寓居浙江嘉兴，筑室鸳湖，自号泰窝道人。与钱惟善、邵亨贞、杨维桢等相酬唱。擅长乐府词曲，其词集《渔樵谱》、曲集《醉边余兴》，今皆不传。现存小令四首，套数一篇。

【双调】清江引

梦回昼长帘半卷，门掩荼蘼院[1]。蛛丝挂柳绵，燕嘴粘花片，啼莺一声春去远。

又

恩情已随纨扇歇[2]，攒到愁时节[3]。梧桐一叶秋[4]，砧杵千家月[5]，多的是几声儿檐外铁[6]。

✤ 注 释

[1] 荼蘼（mí）：一作“酴醿”，草本花名，暮春开花。宋苏轼《杜沂游武昌以荼蘼花菩萨泉见饷》诗：“荼蘼不争春，寂寞开最晚。”

[2] 恩情已随纨扇歇：汉成帝时后宫班婕妤因受赵飞燕妒忌中伤，恐日久见危，求供养太后于长信宫。曾作《怨歌行》云：“新裂齐纨素，皎洁如霜雪。裁为合欢扇，团团似明月。出入君怀袖，动摇微风发。常恐秋节至，凉风夺炎热。弃捐箧笥中，恩情中道绝。”秋来纨扇弃置不用，比喻女子被遗弃的悲剧命运。

[3] “攒到”句：指幽怨逐日积聚，到了使人触绪成愁的时节（指秋天）。攒：

积聚。

[4] 梧叶一声秋：《淮南子·说山》："见一叶落，而知岁之将暮。"宋陈元靓《岁时广记》引唐人诗："山僧不解数甲子，一叶落知天下秋。"

[5] 砧杵千家月：指古代妇女秋凉时在月光下为丈夫捣制寒衣。唐李白《子夜吴歌》："长安一片月，万户捣衣声。"钱起《东游原晴望》诗："四野山河遍远色，千家砧杵共秋声。"砧杵，捣衣时所用的垫石和棒槌。

[6] 檐外铁：即铁马，屋檐下所悬挂的风铃，风吹动时会发出有节奏的响声。

顾德润

顾德润，字君泽（一作均泽），号九山，松江（今上海市松江县）人。与钱惟善、朱唏颜友善，元贞至至正间（1295—1368）在世。曾任杭州路吏，后迁平江。曾自刊《九山乐府》，今不传。《太和正音谱》称其词“如雪中乔木”，列为上品。现存小令八首，套数二篇。

【中吕】醉高歌过摊破喜春来

旅　中[1]

长江远映青山，回首难穷望眼。扁舟来往蒹葭岸[2]，烟锁云林又晚。

篱边黄菊经霜暗[3]，囊底青蚨逐日悭[4]。破清思晚砧鸣[5]，断愁肠檐马韵[6]，惊客梦晓钟寒。归去难！修一缄[7]，回两字寄平安。

✤ 注释

[1] 原缺题，据《全元散曲》补。

[2] 蒹葭（jiā）：芦苇。

[3] 暗：一作“绽”。

[4] 囊底青蚨逐日悭（qiān）：是说口袋里的钱一天比一天少。青蚨，钱的代称。见冯子振《鹦鹉曲》注[9]。悭，缺少。

[5] 晚砧：傍晚的捣衣声。

[6] 檐马：即檐间的铁马（风铃）。参见钱霖《清江引》注[6]。

[7] 缄：指书信。

徐再思

徐再思，字德可，浙江嘉兴人，曾任嘉兴路吏。和贯云石、张可久同时，为元代后期著名散曲作家。现存小令一百零三首，多写江南风物和闺情，风格清新秀丽。因爱吃甜食，自号“甜斋”，当时把他与自号“酸斋”的贯云石散曲并称为“酸甜乐府”。

【双调】折桂令

春　情

平生不会相思，才会相思，便害相思。身似浮云，心如飞絮，气若游丝[1]。空一缕余香在此，盼千金游子何之[2]。症候来时[3]，正是何时？灯半昏时，月半明时。

✤ 注释

[1] 游丝：空中飘浮的蛛丝。这里比喻气息微弱。

[2] 何之：到哪里去。之，往。

[3] 症候：疾病，这里指相思的痛苦。

【双调】殿前欢

观音山眠松[1]

老苍龙[2]，避乖高卧此山中[3]。岁寒心不肯为梁栋[4]，翠蜿蜒俯仰相从[5]。秦皇旧日封[6]，靖节何年种[7]，丁固当时梦[8]。半溪明月，一枕清风。

✤ 注 释

[1] 观音山：以观音名山者甚多，此不知其所指。眠松：倒卧着的松树。

[2] 老苍龙：指古老的松树。唐王维《春日与裴迪过新昌里访吕逸人不遇》诗："种松皆老作龙鳞。"

[3] 避乖：避世乱。

[4] 岁寒心不肯为梁栋：是说宁愿高卧山中，保持清高的节操，不愿去作世间的栋梁之材。岁寒心：《论语·子罕》："岁寒，然后知松柏之后凋也。"后比喻在困苦境遇中能保持节操。

[5] 翠蜿蜒俯仰相从：指青藤缠绕在松树上。

[6] 秦皇旧日封：秦始皇封祀泰山时，因风雨暴至，在松树下避雨，就封这株松树为五大夫（五大夫是封爵名）。见《史记·秦始皇本纪》。

[7] "靖节"句：陶渊明，世号靖节先生。他的《归去来辞》有"三径就荒，松菊犹存"、"抚孤松而盘桓"等句。

[8] 丁固当时梦：丁固，三国吴人，字子贱。他曾梦见松树生在腹上，就对人说："松这个字拆开来是十八公，过十八年，我可能要位至三公了。"后来他果然当了大司徒。见《艺文类聚》卷八八引晋张勃《吴录》。

【双调】水仙子

夜 雨

一声梧叶一声秋[1]，一点芭蕉一点愁[2]，三更归梦三更后。落灯花棋未收[3]，叹新丰孤馆人留[4]。枕上十年事[5]，江南二老忧[6]，都到心头。

✤ 注 释

[1] 一声梧叶一声秋：唐温庭筠《更漏子》词："梧桐树，三更雨，不道离情正苦。一叶叶，一声声，空阶滴到明。"此化用其意。

[2] 一点芭蕉一点愁：唐杜牧《芭蕉》诗："芭蕉为雨移，故向窗前种。怜渠点滴声，留得归乡梦。"此化用其境。

[3] 落灯花棋未收：宋赵师秀《有约》诗："有约不来过夜半，闲敲棋子落灯花。"此用其句意。

[4] 叹新丰孤馆人留：唐马周，少年孤贫，曾住在新丰（今陕西临潼县东）的旅馆里，旅馆主人对他很冷淡，他要了一斗八升酒，独自喝着解闷。

[5] 枕上十年事：写雨夜倚枕不眠，往事历历浮上心头。

[6] 江南二老忧：作者家在江南，久客不归，为年老的双亲担忧。

【双调】水仙子

红指甲

落花飞上笋牙尖[1]，宫叶犹将冰箸粘[2]，抵牙关越显得樱唇艳[3]。怕伤春不卷帘，捧菱花香印妆奁[4]。雪藕丝霞十缕[5]，镂枣斑血半点[6]，掐刘郎春在纤纤[7]。

✤ **注释**

[1] 笋牙尖：初生的嫩笋尖芽。比喻女性娇嫩尖细的手指甲。（落花飞上，喻其色红。）

[2] 宫叶：宫中红叶。喻红指甲。冰箸（zhù）：冰凌。五代王仁裕《开元天宝遗事》载：冬至日大雪，屋檐间雪水因天寒凝结成冰条，宫中人称之为冰箸。箸，筷子。这里形容女子洁白的手指。

[3] "抵牙关"句：以手托腮，红指甲越发衬托出女子嘴唇的红艳。樱唇：形容女性红艳而娇小的嘴唇。唐白居易有侍女樊素善歌，小蛮善舞，曾为诗云："樱桃樊素口，杨柳小蛮腰。"见唐孟棨《本事诗》。

[4] 菱花：指镜子。古代铜镜背面通常刻有菱花纹饰，故称。妆奁（lián）：古代妇女梳妆用的镜匣。

[5] 雪藕丝：形容女子白嫩细长的手指。霞：形容红指甲。

[6] 镂枣斑：精雕而成的枣红色斑纹。形容红指甲。

[7] 刘郎：指情郎。用刘晨事。详见白朴《驻马听·舞》注[8]。纤纤：指女子细长的手指。《古诗十九首》之二："纤纤出素手。"

【双调】水仙子

马嵬坡[1]

翠华香冷梦初醒[2]，黄壤春深草自青[3]。羽林兵拱听将军令[4]，拥鸾舆蜀道行[5]。妾虽亡天子还京。昭阳殿梨花月色，建章宫梧桐雨声[6]，马嵬坡尘土虚名[7]。

✤ 注释

[1] 马嵬坡：在陕西兴平县西北二十三里，唐杨贵妃被迫自缢处。详见白朴《醉中天·佳人脸上黑痣》注[1]。

[2] 翠华：用翠鸟羽毛装饰的旌旗，为皇帝出行的仪仗。代指皇帝车驾。唐白居易《长恨歌》："翠华摇摇行复止，西去都门百余里。"这里指车驾行至马嵬坡，六军不行，贵妃被缢，唐玄宗迷恋贵妃之梦方被惊醒。

[3] 黄壤春深草自青：指杨贵妃埋葬处已经长出青草。黄壤，黄土。《后汉书·赵咨传》："使薄敛素棺，籍以黄壤，欲令速朽，早归后土。"

[4] 羽林兵：皇帝禁卫军。唐设左右羽林卫，也叫羽林军。将军：指陈玄礼。玄宗西逃时，他率禁军随行。行至马嵬坡，他要求处死杨氏兄妹。

[5] 鸾舆：皇帝的车驾。因车有鸾铃，故称。

[6]"昭阳殿"二句：写唐玄宗对杨贵妃的思念。昭阳殿：汉成帝宠后赵飞燕居处。建章宫：汉武帝时宫殿名，位于未央宫西。这里均借指杨贵妃生前所居之处。梨花月色、梧桐雨声：写春去秋来，触景伤情。白居易《长恨歌》："行宫见月伤心色，夜雨闻铃肠断声。""玉容寂寞泪阑干，梨花一枝春带雨。""春风桃李花开日，秋雨梧桐叶落时。"这两句错综其意，化而用之。

[7] 马嵬坡尘土虚名：慨叹绝代佳人杨贵妃已死，空留下马嵬坡的尘土供人凭吊而已。白居易《长恨歌》："马嵬坡下泥土中，不见红颜空死处。"

【双调】清江引

相　思

相思有如少债的[1]，每日相催逼。常挑着一担愁，准不了三分利[2]。这本钱见他时才算得。

✤ 注释

[1] 少债：欠债。

[2] 准不了：抵不得。三分利：月息三分。言利息之高。

【越调】凭栏人

春　情

髻拥春云松玉钗，眉淡秋山羞镜台[1]。海棠开未开？粉郎来未来[2]？

✤ 注释

[1]“髻拥”二句：写女子因情人不在而懒得梳妆打扮。春云：喻秀美的头发。秋山：喻未经描画而颜色浅淡的眉毛。

[2] 粉郎：晋代何晏面色白净如玉，魏明帝怀疑他平时搽粉，有一次夏天吃面条，何晏吃得满头大汗，就用衣袖擦汗，越擦面色越白净可爱。见《世说新语·容止》。后以粉郎、何郎代称美男子。这里指情郎。

【中吕】阳春曲

赠海棠

玉环梦断风流事[1]，银烛歌成富贵词[2]，东风一树玉胭脂[3]。双燕子，曾见正开时。

✤ 注释

[1]“玉环”句：唐玄宗曾喻醉酒的杨贵妃为春睡未醒的海棠花。参见马致远《四块玉·马嵬坡》注[2]。玉环：杨玉环，唐玄宗的贵妃。

[2] 银烛歌成：宋苏轼《海棠》诗：“只恐夜深花睡去，高烧银烛照红妆。”富贵词：指描写海棠的诗篇，海棠国色天香，与牡丹同有“富贵花”之称。宋陆游《携

酒来饮海棠下比春花亦衰矣》之一："何妨海内功名士，共赏人间富贵花。"

[3] 玉胭脂：喻海棠红艳美丽。《群芳谱》称其花色"如深胭脂"。

【中吕】朝天子

西　湖

里湖，外湖[1]，无处是无春处。真山真水真画图，一片玲珑玉[2]。宜酒宜诗，宜晴宜雨[3]，销金锅锦绣窟[4]。老苏[5]，老逋[6]，杨柳堤梅花墓[7]。

✤ 注释

[1] "里湖"二句：杭州西湖以堤为界，有里湖（苏堤以西）、外湖（苏堤以东、白堤以南）、后湖（苏堤以南）之分。

[2] 一片玲珑玉：形容山水清秀空明。玲珑，空明貌。

[3] 宜晴宜雨：苏轼《饮湖上初晴后雨》诗："水光潋滟晴方好，山色空濛雨亦奇。"

[4] 销金锅：比喻挥霍金钱的处所。宋周密《武林旧事·西湖游幸》："西湖天下景，朝昏晴雨，四序总宜。杭人亦无时而不游，而春游特盛焉。……日縻金钱，靡有既极。故杭谚有'销金锅儿'之号，此语不为过也。"锦绣窟：富贵风流的所在。

[5] 老苏：指宋代苏轼。曾两度出任杭州地方官，疏浚西湖，利用淤泥筑了一道堤，人称"苏堤"。

[6] 老逋：指宋代林逋，隐居西湖孤山，植梅养鹤，人称"梅妻鹤子"。

[7] 杨柳堤：指苏堤，与"老苏"相应。杭谚："杭州苏堤六吊桥，一株杨柳一株桃。"梅花墓：指孤山林逋墓，与"老逋"相应。

【商调】梧叶儿

钓　台[1]

龙虎昭阳殿[2]，冰霜函谷关[3]，风月富春山[4]。不受千钟禄[5]，重归七里滩[6]，赢得一身闲。高似他云台将坛[7]。

✤ 注释

[1] 钓台：指东汉严子陵垂钓处，故址在今浙江桐庐县富春山，下瞰富春江，有东西二台，各高数百尺。

[2] 龙虎：喻帝王的气象。《史记·项羽本纪》："范增说项羽曰：'(刘邦)今入关，财物无所取，妇女无所幸，此其志不在小。吾令人望其气，皆为龙虎，成五采，此天子气也。急击勿失！'"昭阳殿：汉代后妃所居的宫殿，装饰豪华富丽。

[3] 函谷关：秦代函谷关在今河南灵宝县南，是秦的东关，东起崤山，西到潼关，深险如函，通名函谷。汉代函谷关在今河南新安县东北，汉武帝元鼎三年移置，离秦函谷关三百里。

[4] 富春山：在浙江桐庐县，严子陵隐居处。

[5] 不受千钟禄：严子陵年轻时与刘秀同学，刘秀即帝位后，他改名隐居于富春山。后被召至京师洛阳，任为谏议大夫，坚不肯受，仍归隐垂钓于富春江滨。

[6] 七里滩：又名七里濑、七里泷、富春渚，在浙江桐庐县严陵山西，长七里，两山夹峙，富春江流其间，江水澄碧。

[7] 云台：在东汉洛阳南宫，是表彰功臣名将的所在，与西汉麒麟阁相似。汉明帝时曾绘中兴功臣三十二人于云台。将坛：即拜将坛。

【商调】梧叶儿

革　步[1]

山色投西去[2]，羁情望北游[3]，湍水向东流。鸡犬三家店[4]，陂塘五月秋[5]，风雨一帆舟。聚车马关津渡口。

✤ 注释

[1] 革步：渡口名，所在不详。步，水边停船之处。通"埠"。

[2] 投西：向西。投，奔向。

[3] 羁情：羁旅之情。望北：向北。

[4] 三家店：人烟稀少的村店。

[5] 陂(bēi)塘：池塘。

【商调】梧叶儿

春 思

芳草思南浦[1]，行云梦楚阳[2]，流水恨潇湘[3]。花底春莺燕，钗头金凤凰，被面绣鸳鸯：是几等儿眠思梦想！

又

鸦鬓春云亸[4]，象梳秋月攲[5]，鸾镜晓妆迟[6]。香渍青螺黛[7]，盒开红水犀[8]，钗点紫玻璃[9]。只等待风流画眉[10]。

✤注释

[1] 芳草思南浦：指春来思念亲人。化用南朝梁江淹《别赋》："春草碧色，春水绿波。送君南浦，伤如之何！"南浦，南面的水边。后泛指送别之地。

[2] 行云梦楚阳：指梦中与情人相会。用楚王梦巫山神女事。详见乔吉《水仙子·嘲楚仪》注[4]。行云，指神女。楚阳，指楚王与神女相会的阳台。

[3] 流水恨潇湘：相传大舜南巡，葬于苍梧之野。二妃娥皇、女英一路追到楚地，为湘水所阻，相与痛哭，泪滴竹上，成为斑竹。这里借以抒写刻骨的相思和离恨。

[4] 鸦鬓：即鸦髻。见白朴《一半儿·题情》注[1]。亸(duǒ)：下垂。

[5] 象梳：象牙做的梳子。插在头上作装饰。攲(qī)：倾斜。

[6] 鸾镜：饰有鸾鸟图案的妆镜。兼取夫妇形影不离之意。参见张可久《塞鸿秋·春情》注[3]。

[7] 青螺黛：古代女子画眉的颜料。

[8] 红水犀：指用水犀皮制成的红色首饰盒。

[9] 紫玻璃：指紫色的水晶。

[10] 风流画眉：汉京兆尹张敞曾为夫人画眉，长安城中传为"张京兆眉怃(妩)"。臣僚奏劾他行为失检，他对皇帝说："臣闻闺房之内夫妇之私，有过于画眉者。"见《汉书·张敞传》。这里写女子盼她情人归来，共享闺房之乐。

曹　德

曹德，字明善，生卒年不详。与薛昂夫、任昱有唱和。曾任衢州（今浙江衢州市）路吏、山东宪吏等小官。性情耿直，元顺帝时，因作《清江引》二首讽刺宰相伯颜专权虐杀无辜，被缉捕，逃避于吴中僧舍。伯颜事败窜死后，才重新入京。擅长写散曲，《录鬼簿》称其“华丽自然，不在小山之下”。现存小令十八首。

【中吕】喜春来

和则明韵[1]

春云巧似山翁帽[2]，古柳横为独木桥，风微尘软落红飘[3]。沙岸好，草色上罗袍[4]。

又

春来南国花如绣[5]，雨过西湖水似油[6]。小瀛洲外小红楼[7]，人病酒[8]，料自下帘钩[9]。

✤ 注释

[1] 则明：即任昱，字则明。详见本书作者介绍。

[2] 春云巧似山翁帽：晋山翁喜饮酒，醉后骑马，倒戴着白帽归来。这里借喻白云的奇巧。宋苏轼《新城道中》诗：“岭上晴云披絮帽。”

[3] 落红：落花。

[4] 草色上罗袍：指游人的罗袍与青草颜色相同。北周庾信《哀江南赋》：“青袍如草。”唐韦庄《曲江作》诗：“青袍草色新。”

[5] 南国：南方。

[6] 水似油：形容湖水平滑而有光泽。唐白居易《答客问杭州》诗："湖号钱塘泻绿油。"

[7] 小瀛洲：湖中的幽僻所在。瀛洲，古代传说中的海上仙岛。红楼：女子所居。

[8] 病酒：酒喝多了而身体不适。

[9] 料：料想。下帘钩：指放下窗帘，无心观赏春景。

三棒鼓声频[1]

题《渊明醉归图》

先生醉也，童子扶者[2]。有诗便写，无酒重赊。山声野调欲唱些，俗事休说。问青天借得松间月[3]，陪伴今夜。长安此时春梦热，多少豪杰。明朝镜中头似雪，乌帽难遮。

星般大县儿难弃舍[4]，晚入庐山社[5]。比及眉未攒，腰已折。迟了也，去官陶靖节[6]！

✤ 注释

[1] 三棒鼓声频：元代时令小调，所属宫调不明。曲牌见《乐府群玉》，仅曹德此曲。

[2] 扶者：扶着。者，语助词。一作"着"。

[3] 问：向。

[4] 星般大县儿：指陶渊明曾任小小的彭泽县令。

[5] 晚入庐山社：指陶渊明迟迟不肯入庐山的白莲社。晋庐山东林寺高僧慧远创建白莲社，当时有不少名士参加。慧远曾力劝陶渊明入莲社，"渊明攒眉而去"。见南朝宋周续之《庐山记》。下句"眉未攒"，即对此事而发。攒眉：皱眉，表示拒绝。

[6]"比及"四句：是说陶渊明还没等到拒绝入白莲社，却早已出任县令。无异于向上司低头折腰了。他的辞官归隐实在显得太迟了。这是一反传统的见

解，认为一个洁身自好的人根本就不应该踏进官场。这是有感于元代官场黑暗腐败的现实而借陶渊明这位历史人物抒发出来的愤激之情。不能视作对陶渊明的客观评价。

高克礼

高克礼，字敬臣，号秋泉，河间（今河北河间县）人。官至庆元（今浙江庆元县）理官。与乔吉友善，工散曲，现存小令四首。

【双调】雁儿落带过得胜令

寻致争不致争[1]，既言定先言定。论至诚俺至诚[2]，你薄幸谁薄幸[3]？

岂不闻举头三尺有神明[4]，忘义多应当罪名！海神庙见有他为证，似王魁负桂英，碜可可海誓山盟。绣带里难逃命，裙刀上更自刑。活取了个年少书生[5]。

✤注释

[1] 致争：争差，分歧。

[2] 至诚：诚实，不虚妄。

[3] 薄幸（xìng）：薄情，少恩义。

[4] 举头三尺有神明：意谓神灵就在头顶，一切言行都受到神灵的无形监视。

[5]“海神庙”以下六句：说王魁负桂英故事。宋张邦畿《侍儿小名录拾遗》引《摭遗》：“王魁遇桂英于莱州北市深巷，桂英求诗于魁。魁时下第，桂英曰：‘君但为学，四时所须，吾为办之。’由是魁朝去暮来。逾年，有诏求贤，桂英为办西游之用。将行，往州北海神庙盟曰：‘吾与桂英誓不相负，若生离异，神当击之！’魁后唱第为天下第一，魁父约崔氏为亲，授徐州签判。桂英不之知，乃喜曰：‘徐去此不远，当使人迎我矣。’遣仆持书。魁方坐厅决事，大怒，叱书不受。桂英曰：‘魁负我如此，当以死报之。’挥刀自刎。魁在南都试院，有人自烛下出，乃桂

英也。魁曰：‘汝果无恙乎？’桂英曰：‘君轻恩薄义，负誓渝盟，使我至此。’魁曰：‘我之罪也，为汝饭僧诵佛书，多焚纸钱，舍我可乎？’桂英曰：‘得君之命即止，不知其他。’后魁竟死。”事又见宋曾慥《类说》卷三十四引《摭遗·王魁传》。王魁负桂英的故事在元代广为流传，并曾编为杂剧演出（尚仲贤《海神庙王魁负桂英》）。这里是借此事以谴责负心的男子。见：即“现”。碜（chěn）可可：又作“参可可”、“惨可可”，形容凄惨，悲惨。

【越调】黄蔷薇带过庆元贞

天宝遗事[1]

又不曾看生见长，使这般割肚牵肠。唤奶奶酩子里赐赏，撮醋醋孩儿也弄璋[2]。

断送他潇潇鞍马出咸阳，只因他重重恩爱在昭阳，引惹得纷纷戈戟闹渔阳[3]。哎，三郎[4]！睡海棠[5]，都则为一曲舞《霓裳》[6]。

✤ 注释

[1] 天宝：唐玄宗李隆基年号（742—756）。此曲写天宝年间唐玄宗宠爱杨贵妃，贵妃认安禄山为养子，宫中淫乐无度，引发了安史之乱。

[2]“又不曾”四句：讽刺杨贵妃认安禄山为养子，虽未曾亲生抚养，却非常关心这养子，听到安禄山叫她一声母亲，就暗地里给予大量赏赐，甚至还扮演出一场洗儿的闹剧。《资治通鉴·唐玄宗天宝六载》：“禄山得出入禁中，因请为贵妃儿。上与贵妃共坐。禄山先拜贵妃。上问其故，对曰：‘胡人先母而后父。’上悦。”同书《唐玄宗天宝十载》云：“甲辰，禄山生日，上及贵妃赐衣服、宝器、酒馔甚厚，后三日，召禄山入禁中，贵妃以锦绣为大襁褓裹禄山，使宫人以彩舆舁之。上闻后宫欢笑，问其故，左右以贵妃三日洗禄儿对。上自往观之，喜，赐贵妃洗儿金银钱，复厚赐禄山，尽欢而罢。”奶奶：母亲。《广雅·释亲》：“奶，母也。”酩子里：暗地里。撮醋醋：指打扮收拾得整整齐齐，漂漂亮亮。撮，收拾。醋醋，犹“楚楚”，鲜明整洁的样子。弄璋：生男孩。《诗经·小雅·斯干》：“乃生男子，载

寝之床，载衣之裳，载弄之璋。”后因称生男为“弄璋”。这里指杨贵妃为安禄山生日后三天行洗儿礼。

[3]“断送”三句：写因为唐玄宗过于宠爱杨贵妃，引起安禄山起兵叛乱，结果弄得他只好仓皇逃离京城。咸阳：指京城。昭阳：皇后所居宫殿名，这里指杨贵妃。渔阳：郡名，今河北蓟县一带，当时为安禄山辖地。白居易《长恨歌》：“渔阳鼙鼓动地来，惊破《霓裳羽衣曲》。”

[4] 三郎：指唐玄宗，因排行第三，故称。

[5] 睡海棠：喻杨贵妃。详见马致远《四块玉·马嵬坡》注[2]。

[6]“都则为”句：唐杜牧《过华清宫绝句》之二：“《霓裳》一曲千峰上，舞破中原始下来。”此用其意。则为：只为。

李伯瞻

李伯瞻，字熙怡，孙楷第《元曲家考略》认为即李屺，系元初功臣李恒之孙。先世为西夏王族於弥氏，唐末赐姓李。其父李世安，元武宗至大初官至平章政事商议枢密院事。伯瞻为世安嫡长子，泰定间(1324—1328)官翰林直学士，阶中议大夫。擅长书画，能词曲，今存小令八首。

【双调】殿前欢

省　悟

去来兮[1]！黄鸡啄黍正秋肥。寻常老瓦盆边醉[2]，不记东西。教山童替说知：权休罪，老弟兄行都申意。今朝溷扰，来日回席[3]。

✤ **注释**

[1] 去来兮：即“归去来兮”。意思是回家去吧。用陶渊明《归去来辞》句意。

[2] 老瓦盆：盛酒的盆。言其粗陋。

[3]“权休罪”四句：请暂且不要责怪我，老哥儿们面前都说明白：今天打搅了大家，明天再来回请诸位吧。权：权且，暂且。申意：致意。老弟兄行：犹言老哥们、弟兄们。行，行辈。溷(hùn)扰：即混扰，打扰。

吕止庵

吕止庵，生平不详。《太和正音谱》称其词“如晴霞结绮”。今存小令三十三首，套数四篇。

【仙吕】醉扶归[1]

频去教人讲，不去自家忙[2]。若得相思海上方[3]，不道得害这些闲魔障[4]。你笑我眠思梦想，只不打到你头直上[5]。

✤注释

[1]《彩笔情辞》题作《讪意》。共三首，此其二。

[2]“频去”二句：写恋爱中女子的矛盾心理：如果常到男方那里去，怕惹人闲话；如果不去，则自己坐立不安。

[3] 相思海上方：指医治相思病的仙方。秦始皇曾派方士到海上去寻求长生不死的药方，因称仙方为“海上方”。

[4] 不道得：亦作“不道的”、“不到得”、“不到的”、“不到底”，省作“不道”。意思是不见得，不至于，不一定。闲魔障：指相思病。魔障，佛家语，魔王所设的障碍。借指波折、病痛、灾难等。这句承上句而言，是说如果有治疗相思病的灵丹妙药，就不至于受这份相思之苦了。

[5] 打到：宋元俗语，碰到之意。《雍熙乐府》作“轮到”，意同。头直上：即头上。直上，上面。

查德卿

查德卿，生平不详。现存小令二十二首。

【仙吕】寄生草

感　世

姜太公贱卖了磻溪岸[1]，韩元帅命博得拜将坛[2]。羡傅说守定岩前版[3]，叹灵辄吃了桑间饭[4]，劝豫让吐出喉中炭[5]。如今凌烟阁一层一个鬼门关[6]，长安道一步一个连云栈[7]。

✤ 注释

[1]“姜太公”句：相传姜太公（吕尚）曾在磻溪垂钓，周文王出猎时与他相遇，同载而归，尊为师。后佐武王灭殷，封于齐，为齐国始祖。磻（bō）溪：在今陕西宝鸡市东南，北流入于渭水。这里是说姜太公轻易抛弃隐居垂钓之地而去做官，很不值得。

[2]“韩元帅”句：韩元帅，指韩信。刘邦曾设坛拜他为将，屡立战功，后被杀。这里是说韩信以性命博得登坛拜将，也很不值得。参见马致远《折桂令·叹世》注[6]。

[3]“羡傅说”句：傅说（yuè），殷高宗时贤相，传说他曾隐居于傅岩（今山西平陆县），以版筑（筑墙）为生。后来高宗梦见他，召之为相。版，筑墙的夹板。这句是说傅说不出仕，才是值得羡慕的。

[4]“叹灵辄”句：春秋时晋灵公的大夫赵宣子曾于首阳山打猎，在桑阴中休息时，看到一个饥饿的人名叫灵辄，就拿饭给他吃。灵辄吃了一半，留下一半准备带给母亲吃。赵宣子便再给他一些食物。后来晋灵公派灵辄刺杀赵宣子，灵辄却为报一饭之恩而倒戈相救。事见《左传·宣公二年》。灵辄：原作“宁戚”，

误。今依《全元散曲》改。

[5]“劝豫让”句：豫让是晋国大夫智伯的家臣，很受恩宠。后来智伯为赵襄子所灭，豫让就浑身涂漆为癞，吞炭为哑，毁形变容，准备行刺赵襄子，为智伯报仇。结果事败被杀。见《史记·刺客列传》。这里是说豫让如此吞炭毁容，为人复仇，也很不值得。

[6]凌烟阁：唐代皇宫中的一座楼阁。唐太宗曾将二十四位功臣的画像悬挂在阁中。这里借指高官显位。

[7]“长安道”句：形容仕途艰难。长安，汉唐京都；长安道，指代做官从政的仕途。连云栈：在今陕西襄城一带，是在悬崖上凿孔架木铺板而建成的通道，十分艰险难行。

【仙吕】寄生草

间　别[1]

姻缘簿剪做鞋样[2]，比翼鸟搏了翅翰[3]。火烧残连理枝成炭[4]，针签瞎比目鱼儿眼[5]。手揉碎并头莲花瓣[6]。掷金钗攧断凤凰头[7]，绕池塘捽碎鸳鸯弹[8]。

✤注释

[1]间(jiàn)别：指夫妻或情人遭到离间而彼此分手。

[2]姻缘簿：传说中记载男女命中注定婚姻的簿册。

[3]比翼鸟：传说中连翅而飞的鸟。比喻形影不离的爱侣。搏：通“膊”，分裂肢体。这里指翅膀被折断。翅翰：翅膀。翰，鸟的羽毛。

[4]连理枝：两棵树枝条相连，生长在一起。比喻夫妻恩爱。下文比目鱼、并头莲，意相同。

[5]签瞎：刺瞎。比目鱼：即鲽鱼。双目均生于身体一侧，常成双作对出游。

[6]并头莲：即并蒂莲。

[7]攧：摔，跌。凤凰头：指金钗头部的凤形装饰。

[8]捽(zuó)：抓。鸳鸯弹：即鸳鸯蛋。弹(dàn)，指禽鸟的蛋。元杨瑀《山居新话》：“余家藏石子一块，色青而质粗，大如鹅弹。”

【仙吕】一半儿

拟美人八咏[1]

春　梦

梨花云绕锦香亭[2]，蝴蝶春融软玉屏[3]，花外鸟啼三四声。梦初惊，一半儿昏迷一半儿醒。

春　困

琐窗人静日初曛[4]，宝鼎香消火尚温[5]，斜倚绣床深闭门[6]。眼昏昏，一半儿微开一半儿盹。

春　妆

自将杨柳品题人[7]，笑捻花枝比较春[8]，输与海棠三四分。再偷匀，一半儿胭脂一半儿粉[9]。

春　愁

厌听野雀语雕檐，怕见杨花扑绣帘，拈起绣针还倒拈。两眉尖，一半儿微舒一半儿敛。

春　醉

海棠红晕润初妍，杨柳细腰舞自偏[10]，笑倚玉奴娇欲眠[11]。粉郎前[12]，一半儿支吾一半儿软。

春　绣

绿窗时有唾茸粘[13]，银甲频将彩线挦[14]。绣到凤凰心自嫌[15]。按春纤[16]，一半儿端相一半儿掩[17]。

春　夜

柳绵扑槛晚风轻，花影横窗淡月明，翠被麝兰熏梦醒[18]。最关情，一半儿温馨一半儿冷。

春　情

自调花露染霜毫[19]，一种春心无处托，欲写又停三四遭。絮叨叨，一半儿连真一半儿草[20]。

✤注 释

[1] 这八首组曲一作陈克明作。

[2] 锦香亭：繁花似锦的园亭。

[3] 软玉屏：以软玉为装饰的屏风。软玉，玉之一种，以洁白者为贵，多用作饰物。

[4] 琐窗：镂刻有连锁形图案的窗户。曛（xūn）：黄昏的落日余光。

[5] 宝鼎：香炉。

[6] 绣床：妇女刺绣时用的绣架。下有床腿交叉以为支撑，上面平铺刺绣之物，形状略如小桌。

[7]“自将”句：是说以临风的垂柳来比拟美人的婀娜多姿。品题：评赏。唐白居易有侍妾樊素善歌，小蛮善舞，他曾作诗赞赏说：“樱桃樊素口，杨柳小蛮腰。”见唐孟棨《本事诗·事感》。

[8]“笑捻”句：是说美人妆成后笑捻花枝，试问花与人哪个更美。宋张先《菩萨蛮》词：“牡丹含露真珠颗，美人折向帘前过。含笑问檀郎：花强妾貌强？”此用其意。

[9]“输与”三句：是说比较之下，美人感到娇艳还不如海棠，于是又偷偷调匀脂粉，再度化妆。

[10]“海棠”二句：形容美人醉后脸颊红晕，舞姿偏斜。

[11]玉奴：梅花的别名。

[12]粉郎：情郎。详见徐再思《凭栏人·春情》注[2]。

[13]绿窗时有唾茸(róng)粘：南唐李煜《一斛珠》词：“绣床斜凭娇无那，烂嚼红茸，笑向檀郎唾。”茸，同“绒”。唾茸，刺绣时咬断线头吐出的绒线尾末。

[14]银甲：白净的指甲。挦(xián)：撕扯。这里指撕扯刺绣的彩线，表示心烦意乱，绣得不满意。

[15]嫌：不满意。

[16]春纤：形容女子纤细的手指。

[17]端相：审视，细看。一作“端详”。

[18]麝兰：麝香、兰草。这里指熏笼所用的香料。

[19]霜毫：指毛笔。因用秋后经霜的兔毛或羊毛制成，兼以色白，故称霜毫。

[20]真：真书，即工整的楷书。草：草书。

赵显宏

赵显宏，号学村，生平事迹不详。现存小令二十首，套数二篇。

【黄钟】昼夜乐[1]

冬

风送梅花过小桥，飘飘，飘飘地乱舞琼瑶[2]。水面上流将去了，觑绝时落英无消耗[3]，似那人水远山遥。怎不焦[4]？今日明朝，今日明朝，又不见他来到。

【么】佳人佳人多命薄[5]，今遭，难逃，难逃他粉悴烟憔[6]，直恁般鱼沉雁杳[7]。谁承望拆散了鸾凰交[8]，空教人梦断魂劳。心痒难揉，心痒难揉，盼不得鸡儿叫。

✤ 注释

[1] 此曲共四首，题为《春》、《夏》、《秋》、《冬》，所选为第四首。

[2] 琼瑶：美玉。比喻梅花。

[3] 觑（qù）绝：看不见。消耗：消息。

[4] 焦：烦躁，烦恼。

[5]“佳人”句：因落花而感叹红颜薄命。宋苏轼《薄命佳人》诗：“自古佳人多命薄，闭门春尽杨花落。”

[6] 粉悴烟憔：形容女性容颜憔悴。

[7] 直：竟。恁（nèn）般：如此，这样。鱼沉雁杳：比喻没有消息。鱼、雁，指书信。

[8] 鸾凰交：比喻夫妻。

【双调】殿前欢

闲　居[1]

去来兮[2]！东林春尽蕨芽肥[3]。回头那顾名和利，付与希夷[4]。下长生不死棋[5]，养三寸元阳气[6]，落一觉浑沦睡[7]。莺花过眼[8]，鸥鹭忘机[9]。

又

去来兮！桃花流水鳜鱼肥[10]。山蔬野菜偏滋味[11]，旋泼新醅[12]。胡寻些东与西[13]，拚了个醒而醉，不管他天和地。盆干瓮竭，方许逃席[14]。

✤ **注释**

[1] 题共四首，所选为第一、第二首。

[2] 去来兮：见李伯瞻《殿前欢·省悟》注[1]。

[3] 蕨芽：蕨菜的嫩芽，可食用。

[4] 希夷：即陈抟。详见关汉卿《大德歌·秋》注[1]。

[5] 下长生不死棋：用晋王质入山伐木，见两童子下棋事。详见冯子振《鹦鹉曲》注[8]。这里指下棋养性而忘却人世的纷争。

[6] 三寸元阳气：元阳气，即元气。道家认为人的元气发源于肾，藏于丹田，丹田在脐下三寸之处，故称"三寸元阳气"。

[7] 浑沦睡：指睡得安稳香甜。传说陈抟的弟子寇朝一，深得陈抟酣睡之诀。一次刘重范去看他，他正在酣睡，刘"闻鼻鼾之声雄美可听"，就谱成乐曲，名曰"混沌谱"。见宋张端义《贵耳集》。浑沦，即混沌，形容酣然无知。

[8] 莺花：莺啼花开，指大好春光。

[9] 鸥鹭忘机：见张可久《殿前欢·次酸斋二首》注[3]。忘机，忘却机诈之心。这里是说没有机诈之心的人才可以与鸥鹭交朋友。

[10]"桃花"句：用唐张志和《渔歌子》词："西塞山前白鹭飞，桃花流水鳜鱼肥。"鳜（guì）鱼：一种淡水鱼，大口细鳞，身有斑点，肉味鲜美。

[11] 偏滋味：最有滋味。偏，最。

[12] 旋泼新醅（pēi）：指新酿而未过滤的酒。旋，刚刚。泼，通“酦”（pō），酿造。唐白居易《初冬月夜得长句》：“最恨泼醅新熟酒，迎冬不得共君尝。”

[13] 东与西：即东西。这里指盛酒的器具。

[14] 盆干瓮竭：指盆瓮里的酒喝得干干净净。逃席：指不胜酒力而罢席。

【双调】殿前欢

题歌者楚云[1]

楚云闲，任他孤雁叫苍寒[2]。去留舒卷无心惯，聚散之间[3]。趁西风出远山，随急水流深涧，为暮雨迷霄汉[4]。阳台事已[5]，秦岭飞还[6]。

✤注释

[1] 楚云：歌妓名，生平不详。此曲以“楚云”之人名立意，以云写人，切合其人身份，是一种友好的游戏笔墨。

[2] 任他孤雁叫苍寒：宋张炎《解连环·孤雁》词：“楚江空晚，怅离群万里，恍然惊散。”句言悠闲的楚天之云，不管失群孤雁的悲鸣。比喻歌妓楚云自得其乐。

[3] “去留”二句：写浮云或去或留，或舒或卷，或聚或散，均出于无心。化用陶渊明《归去来辞》：“云无心以出岫。”这里借以比喻歌妓楚云意态悠闲。

[4] “趁西风”三句：以浮云的行踪不定，比喻楚云沦落风尘、俯仰随人的歌妓生涯。

[5] 阳台事已：指男女欢会过后。用巫山神女事。详见乔吉《水仙子·嘲楚仪》注[4]。这里指楚云以色相事人。

[6] 秦岭：指终南山，在今陕西西安市南。这里暗用唐韩愈《左迁至蓝关示侄孙湘》诗：“云横秦岭家何在？”既切楚云之名，又暗示其无家可归的歌妓生涯。

景元启

景元启，生平不详。现存小令十五首，套数一篇。

【双调】殿前欢

梅　花

月如牙，早庭前疏影印窗纱。逃禅老笔应难画，别样清佳[1]。据胡床再看咱[2]，山妻骂，为甚情牵挂[3]？大都来梅花是我，我是梅花[4]。

✤注释

[1]“月如牙”四句：用华光长老画梅事。北宋僧人仲仁，住衡州（今湖南衡阳）华光山，人称华光长老，擅画梅，每当花开月夜，就窗间疏影，用水墨晕写，创为墨梅，传有《华光梅谱》。逃禅：逃避到佛教中去的人，指华光长老。

[2] 胡床：交椅。咱：语尾助词，无义。

[3]“山妻”二句：是说妻子骂他为什么对梅花如此痴情。

[4]“大都”二句：是说梅花与我已合而为一，浑然不分了。大都来：大概，多半，总之。

李　乘

李乘，即李德载，生平事迹不详。今存散曲十首，即《喜春来·赠茶肆》组曲。

【中吕】喜春来

赠茶肆[1]

茶烟一缕轻轻飏，搅动兰膏四座香[2]，烹煎妙手赛维扬[3]。非是谎，下马试来尝。

又

金尊满劝羊羔酒[4]，不似灵芽泛玉瓯[5]，声名喧满岳阳楼[6]。夸妙手，博士更风流[7]。

✤ 注 释

[1] 共十首，所选为第一首、第九首。茶肆：茶馆。

[2] 兰膏：古代用泽兰子炼制的油脂，可以点灯。这里借指茶水的色泽和芳香。

[3] 维扬：江苏扬州的别称。宋元时多出烹茶高手。

[4] 金尊：酒杯的美称。羊羔酒：用糯米、肥羊肉等和面同酿而成。这里作为美酒的代称。

[5]“不似”句：承上句，是说劝人喝羊羔美酒，不如上茶馆来喝上等名茶。不似：不如。灵芽：指毛尖春茶，茶中上品。玉瓯：指杯、碗之类沏茶的器皿。

[6] 岳阳楼：在今湖南岳阳市，江南三大名楼之一。按，岳阳楼边洞庭湖的君山盛产名茶。喧：一作“香”。

[7] 博士：本是官名，唐代以后作为对某种手艺人的名称。如茶博士、酒博士、磨博士等，犹今称“师傅”。这里指茶博士，即茶馆中烹茶的好手。更：一作“便”。

杨朝英

杨朝英，号澹斋，青城（今山东高青县）人。生卒年不详。与贯云石友善。曾编选《阳春白雪》、《太平乐府》两部元人散曲集。自己亦工散曲，现存小令二十七首。

【双调】水仙子

自　足

杏花村里旧生涯[1]，瘦竹疏梅处士家[2]，深耕浅种收成罢。酒新篘[3]，鱼旋打[4]，有鸡豚竹笋藤花[5]。客到家常饭，僧来谷雨茶[6]，闲时节自炼丹砂[7]。

✤ 注 释

[1] 杏花村里旧生涯：指诗酒生涯。唐杜牧《清明》诗："借问酒家何处有，牧童遥指杏花村。"

[2] 处士：不做官的人，指隐士。

[3] 酒新篘（chōu）：家酿的酒刚刚滤出。篘，用竹篾编成的滤酒器具。这里指滤出，作动词用。

[4] 鱼旋打：鱼刚刚打上来。旋，刚刚。

[5] 鸡豚（tún）：鸡和猪。宋陆游《游山西村》诗："莫笑农家腊酒浑，丰年留客足鸡豚。"

[6] 谷雨茶：指谷雨时节采摘的新茶。

[7] 丹砂：即硃砂，炼丹用物。

【双调】清江引

秋深最好是枫树叶，染透猩猩血[1]。风酿楚天秋，霜浸吴江月[2]。明日落红多去也！

✤ 注释

[1] 猩猩血：喻经霜后通红的枫叶。

[2] 霜浸吴江月：唐崔信明有“枫落吴江冷”的名句，此暗用其意。

【商调】梧叶儿

客中闻雨

檐头溜[1]，窗外声，直响到天明。滴得人心碎，聒得人梦怎成[2]？夜雨好无情，不道我愁人怕听[3]。

✤ 注释

[1] 檐头溜：屋檐下的滴水。

[2] 聒（guō）：吵闹。

[3]“夜雨”二句：化用唐温庭筠《更漏子》词：“梧桐树，三更雨，不道离情正苦。一叶叶，一声声，空阶滴到明。”不道：不管，不顾。

周德清

周德清，号挺斋，江西高安人。北宋词人周邦彦的后代。家境贫寒，未做官。工乐府，善音律，有感于当时北曲创作格律上的混乱，著《中原音韵》一书，总结了北曲用字押韵的经验，为散曲创作作出了有益的贡献。现存小令三十一首，套数三篇。

【中吕】喜春来

春晚

镫挑斜月明金韂[1]，花压春风短帽檐[2]。谁家帘影玉纤纤[3]？粘翠靥[4]，消息露眉尖[5]。

✤注释

[1] 镫（dèng）：同“镫”。马鞍两边的脚踏。韂（chàn）：马鞯，即“障泥”。垫在马鞍下，垂于马背两旁以挡泥土。

[2]“花压”句：旧题唐冯贽《云仙杂记》云：“梁绪梨花时折花簪之，压损帽檐，至头不能举。”宋欧阳修有句云：“酒粘衫袖重，花压帽檐偏。”见元元怀《拊掌录》。

[3] 玉纤纤：形容女子的细手。

[4] 翠靥（yè）：古代妇女颊上所涂的绿色妆饰物。

[5] 消息：指春意。

【中吕】喜春来

别情

月儿初上鹅黄柳[1]，燕子先归翡翠楼[2]，梅魂休暖凤香篝[3]。人去后，鸳被冷堆愁[4]。

✤ 注 释

[1] 鹅黄：幼鹅毛色嫩黄，借以喻初春的柳色，宋王安石《南浦》诗："含风鸭绿粼粼起，弄日鹅黄袅袅垂。"

[2] 翡翠楼：装饰华美的楼阁。指女子所居。此句言燕子已归，而游子未返。

[3] "梅魂"句：写少妇独居空闺，无心燃点薰笼，使它发出缕缕梅花的暗香。凤香篝（gōu）：一种铜制的凤形熏笼。笼中燃点香料，可以暖手，也可以熏被窝。宋周邦彦《花犯·咏梅》词："香篝熏素被。"

[4] 鸳被：即鸳鸯被，绣着鸳鸯的被子，指夫妻共寝之被。《古诗十九首》之十八："文彩双鸳鸯，裁为合欢被。"

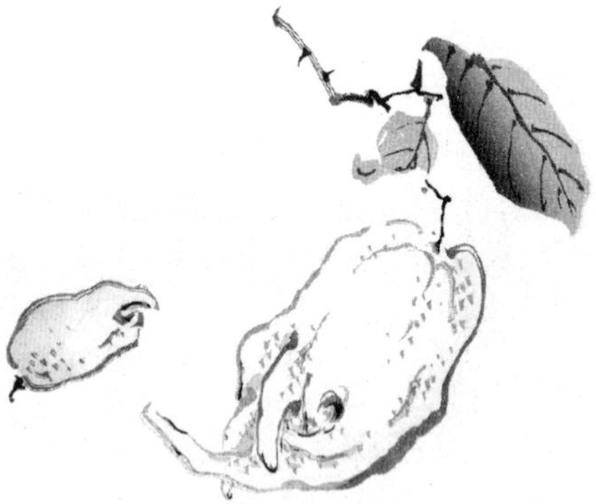

钟嗣成

钟嗣成(约1280—约1350),字继先,号丑斋,原籍大梁(今河南开封),长期流寓杭州。早年从江浙儒学提举邓文原学诗文。屡试不第,转而从事杂剧、散曲创作和戏曲家史料的收集整理。元代后期,杂剧、散曲作家集中杭州,钟嗣成与他们往来密切,熟悉他们的生活和创作,因著《录鬼簿》,记元曲家事迹和著作甚详,为研究元曲的重要材料。他著有《章台柳》、《钱神论》、《蟠桃会》、《郑庄公》等杂剧七种,今皆不传。散曲现存小令五十九首,套数一篇。

【南吕】骂玉郎带过感皇恩采茶歌

恨 别

风流得遇鸾凰配,恰比翼便分飞[1],彩云易散琉璃脆[2]。没揣地钗股折,厮琅地宝镜亏,扑通地银瓶坠[3]。

香冷金猊[4],烛暗罗帏[5]。支刺地搅断离肠,扑速地淹残泪眼,吃答地锁定愁眉[6]。天高雁杳[7],月皎乌飞[8]。暂别离,且宁耐[9],好将息[10]。你心知,我诚实,有情谁怕隔年期[11]。去后须凭灯报喜[12],来时长听马频嘶[13]。

✤ 注释

[1] 恰:刚刚。比翼:指两鸟相伴齐飞。喻爱侣的亲密。分飞:比喻夫妻离别。

[2] 彩云易散琉璃脆:唐白居易《简简吟》:“大都好物不坚牢,彩云易散琉璃

脆。”此用其成句。比喻好景不长。

[3]“没揣地”三句：写情人分离。没揣地：意外地、猛然间。厮琅地：象声词，形容物体破碎声。扑通地：象声词，形容物体坠落声。钗股折、银瓶坠：用唐白居易《井底引银瓶》诗：“井底引银瓶，银瓶欲上丝绳绝；石上磨玉簪，玉簪欲成中央折。瓶沉簪折知奈何，似妾今朝与君别。”宝镜亏：南朝陈徐德言娶乐昌公主为妻，因预感陈国将发生战乱，恐夫妻不能相保，就将镜子分为两半，夫妻各持一半，相约他年正月十五日卖于都市，希望夫妻相见，破镜重圆。亏，缺。指不圆。这里是比喻夫妻分离。

[4]香冷金猊(ní)：写香炉里的香已经熄灭冷却。金猊，用金属制的兽形香炉。宋李清照《凤凰台上忆吹箫》词：“香冷金猊，被翻红浪，起来慵自梳头。”此用其成句。

[5]烛暗罗帏：形容居室的寂寞凄清。罗帏，用丝织品做成的室内帏帐。

[6]“支剌地”三句：形容离别的痛苦。支剌(lā)地：象声词，这里形容撕裂。扑速地：即“扑簌地”，象声词，形容泪落。吃答地：象声词，形容落锁。

[7]天高雁杳：暗喻路远而信息难通。

[8]月皎乌飞：写离人不眠的情景。宋周邦彦《蝶恋花·早行》词：“月皎惊乌栖不定。”此用其句意。

[9]宁耐：忍耐。

[10]将息：休息，保养。

[11]有情谁怕隔年期：南朝乐府清商曲辞《七日夜女歌》九首之五：“婉娈不终夕，一别周年期。”这里是说不怕隔年相会，以爱情的忠贞相勉励。

[12]灯报喜：旧俗相传灯烛芯如爆结灯花，就预兆有喜事临门，出门在外的亲人将要归来。

[13]来时长听马频嘶：唐温庭筠《赠知音》诗：“窗间谢女青娥敛，门外萧郎白马嘶。”此反用其意，借写归时情景。

【双调】凌波仙

吊陈以仁[1]

钱塘人物尽飘零[2]，赖有斯人尚老成[3]。为朝元恐负虚皇命[4]。凤箫寒鹤梦惊，驾天风直上蓬瀛[5]。芝堂静，蕙帐清[6]，照虚梁落月空明[7]。

✤注释

[1] 陈以仁：字存甫，杭州人，元曲作家。《录鬼簿》称其“能博古，善讴歌，其乐章间出一二，俱有骈丽之句”。

[2] 钱塘：即杭州。秦始皇统一六国后，杭州设县治，称钱唐县。至南北朝，改县治为郡治，称钱唐郡。唐时因避讳，改“唐”为“塘”。人物：一作“风物”、“文物”。

[3] 斯人：此人，指陈以仁。老成：年高有德。

[4] 朝元：道教徒礼拜神仙。虚皇：道教天虚之神。这句说陈以仁是因礼拜天神而被挽留，他唯恐辜负天神的旨意，就不再回到人间了。婉言其死。

[5]“凤箫”二句：用王子乔吹箫骑鹤升仙事。详见乔吉《水仙子·乐清箫台》注[6]。蓬瀛：蓬莱、瀛洲，传说大海中的仙山。

[6]“芝堂”二句：写人去室空的感慨。芝堂、蕙帐：常以称道士清静之居。陈以仁信仰道教，故称。唐许敬宗《游清都观寻沈道士得清字》诗：“蕙帐晨飙动，芝房夕露清。”

[7] 照虚梁落月空明：化用杜甫《梦李白》诗：“落月满屋梁，犹疑照颜色。”这里借以抒写对已去世友人的悼念之情。

汪元亨

汪元亨，字协贞，号云林，又号临川佚老。饶州（今江西波阳）人，曾任浙江省掾，后徙居常熟。至正年间在世。著杂剧三种，皆不传。散曲存小令一百首，套数一篇。多写田园隐逸生活，风格疏隽。

【正宫】醉太平

归　隐[1]

辞龙楼凤阙，纳象简乌靴[2]。栋梁材取次尽摧折，况竹头木屑[3]。结知心朋友着疼热[4]，遇忘怀诗酒追欢悦，见伤情光景放痴呆[5]。老先生醉也[6]！

✤ 注 释

[1]《雍熙乐府》题为《警世》，此为同题二十首组曲之一。

[2]“辞龙楼”二句：指告别京城，辞去官职。龙楼凤阙：指帝王宫殿。唐杨炯《从军行》：“牙璋辞凤阙，铁骑绕龙城。”纳：交还。象简：象牙笏。古代官员上朝时执持的手板，供记事备忘之用。乌靴：黑缎官靴。

[3]“栋梁”二句：批判统治者糟蹋人才。连少数杰出人才都遭到随便摧残，更何况大量普通的人才呢。取次：任意，随便。竹头木屑：晋陶侃任荆州刺史时，把竹头木屑都收集起来，以备不时之需。见《世说新语·政事》。宋郑樵《上宰相书》：“竹头木屑之积，亦云多矣，将欲一旦而用之可也。”

[4]着疼热：关心痛痒冷热。着，关切。

[5]放（fǎng）痴呆：装出痴呆的样子。放，仿效，装作。

[6]老先生：作者自指。

【正宫】醉太平

归　隐[1]

憎苍蝇竞血，恶黑蚁争穴[2]。急流中勇退是豪杰，不因循苟且。叹乌衣一旦非王谢[3]，怕青山两岸分吴越[4]，厌红尘万丈混龙蛇[5]。老先生去也！

✤ **注释**

[1]《雍熙乐府》题为《警世》，此为同题组曲二十首之二。

[2]“憎苍蝇”二句：厌恶世人为功名利禄而争斗不休。马致远《夜行船·秋思》套曲：“争名利何年是彻？看密匝匝蚁排兵，乱纷纷蜂酿蜜，急攘攘蝇争血。”可参看。

[3]“叹乌衣”句：乌衣，指乌衣巷，在今江苏南京市秦淮河南，其地本吴时乌衣营所在地。营中兵士皆穿乌衣，故名。东晋时王导、谢安诸豪族皆居乌衣巷。唐刘禹锡《乌衣巷》诗：“朱雀桥边野草花，乌衣巷口夕阳斜。旧时王谢堂前燕，飞入寻常百姓家。”此化用其意。

[4]青山两岸分吴越：春秋时吴国与越国以钱塘江为界。唐释处默有“到江吴地尽，隔岸越山多”之名句。吴越两国经常争斗，一水之隔而互为仇敌，因借指军事割据，战乱不休。作者生于元末，感于社会动乱、兵戈四起而发此慨叹。

[5]红尘万丈混龙蛇：指人间好恶不分，贤愚莫辨。《佛印语录》：“凡圣同居，龙蛇混杂。”

【正宫】醉太平

归　隐[1]

源流头俊杰，骨髓里骄奢[2]。折垂杨几度赠离别[3]，少年心未歇。吞绣鞋撑的咽喉裂[4]，掷金钱踅的身躯趄[5]，骗粉墙掂的腿脡折[6]。老先生害也[7]！

✤ **注释**

[1]《雍熙乐府》题为《警世》，此为同题组曲二十首之七。

[2]“源流”二句：是说开头还不失为俊杰之才，后来却变坏了，骄奢入骨，不可救药。头，一作“来”。

[3]“折垂杨”句：古代风俗，旅人将行，亲友送至长亭，折杨柳以赠别，取其情深意长。“柳”谐音“留”，又有留恋不舍之意。唐刘禹锡《杨柳枝词》：“长安陌上无穷树，惟有垂杨管别离。”据《三辅黄图》卷六云：“灞桥，在长安东，跨水作桥。汉人送客至此桥，折柳赠别。”则自汉代已有此俗。

[4]“吞绣鞋”句：指把酒杯放在妓女的鞋子中以行酒，称为双凫杯。见宋郑獬《觥记注》。

[5]“掷金钱”句：唐开元元年九月，宴王公百僚于承天门，于楼下撒金钱，准许中书以上五品官及诸司三品以上官争拾之。名叫金钱会。后流传于民间，在妓院较盛行。这句是说与妓女玩掷金钱的游戏，为抢夺金钱而弄得身体乱转，跌跌撞撞。踅（xué）：盘旋，旋转。趄（qiè）：脚步不稳。

[6]骗粉墙：指爬墙与情人幽会。骗，侧身抬腿跨上。掂：用同“踮”，指脚尖着地。腿挺（tǐng）：指大腿的直骨。挺，直。

[7]害：受到伤害。

【正宫】醉太平

归　隐[1]

度流光电掣[2]，转浮世风车[3]。不归来到大是痴呆[4]，添镜中白雪[5]。天时凉捻指天时热，花枝开回首花枝谢，日头高眨眼日头斜[6]。老先生悟也！

✤ 注释

[1]《雍熙乐府》题为《警世》，此为同题组曲二十首之四。

[2]流光电掣：比喻流逝的时间像闪电那样快速。

[3]浮世风车：比喻世事无常，如旋转不停的风车。浮世，人世。旧时认为世事虚浮无定，故称。

[4]到大：亦作“倒大”或“到大来”、“倒大来”。用作程度副词，意思是绝大、非常、十分、多么。

[5] 添镜中白雪：喻对镜见白发增多。唐李白《将进酒》："君不见高堂明镜悲白发，朝如青丝暮成雪。"

[6]"天时"三句：极言时光易过，好景不长。捻指：犹弹指，形容时间过得很快。宋张孝祥《蝶恋花·怀于湖》词："恰则杏花红一时。捻指来时，结子青无数。"

【双调】沉醉东风

归 田

籴陈稻新舂细米[1]，采生蔬熟做酸齑[2]。凤栖杀凰莫飞，龙卧死虎休起[3]。不为官那场伶俐[4]，槿树花攒绣短篱[5]，到胜似门排画戟[6]。

✤ 注释

[1] 籴（dí）：买进粮食。

[2] 酸齑（jī）：腌制的酸菜。

[3]"凤栖"二句：比喻归隐老死于田园，决不复起。凤凰、龙虎都是比喻隐居的高士。

[4] 伶俐：爽快，自由。

[5] 槿树花：即木槿花。木槿为落叶灌木，夏秋开红、白或紫色花，朝开暮敛。农家常植木槿为篱，名槿篱。

[6] 到：同"倒"，反而。门排画戟（jǐ）：指显贵之家。唐代规定，三品以上高官才得立戟于门。戟，古兵器，合戈矛为一体，可直刺或横击。

【双调】折桂令[1]

二十年尘土征衫，铁马金戈[2]，火鼠冰蚕[3]。心不狂谋，言无妄发，事已多谙[4]。黑似漆前程黯黯，白如霜衰鬓斑斑。气化相参[5]，谲诈难甘[6]。冷笑渊明，高访图南[7]。

✣ 注释

[1]《乐府群珠》、《雍熙乐府》题为《归隐》，为同题组曲二十首之末。

[2] 铁马金戈：指饱经战乱。

[3] 火鼠冰蚕：指久历寒暑。火鼠，传说中一种不怕火的老鼠，它的毛可以织为火浣布。见旧题汉东方朔《十洲记》。冰蚕，传说中一种不畏冰霜的蚕，它吐的丝成五色，织为文锦，入水不濡，入火不燎。见旧题晋王嘉《拾遗记》。宋苏轼《徐大正闲轩》诗："冰蚕不知寒，火鼠不知暑。"

[4]"心不"三句：不狂热地谋取名利，不轻率地议论他人，因为已经熟知世事的艰难和人情的险恶。谙（ān）：熟悉。

[5] 气化相参：指阴阳之气的参互变化。意谓天地之规律难以预测。

[6] 谲诈难甘：指尔虞我诈的社会现实，使人难以忍受。

[7]"冷笑"二句：认为陶渊明虽然辞官归隐，却依然结庐人境，未离尘世；不如离世高隐，沉酣睡乡的陈抟。图南：即陈抟，字图南，华山隐士。详见前关汉卿《大德歌·秋》注[1]。

【中吕】朝天子

归　隐[1]

荣华梦一场，功名纸半张，是非海波千丈[2]。马蹄踏碎禁街霜，听几度头鸡唱[3]。尘土衣冠[4]，江湖心量[5]。出皇家凤网[6]，慕夷齐首阳[7]，叹韩彭未央[8]。早纳纸风魔状[9]。

✣ 注释

[1] 本首为同题组曲二十首之五。

[2] 是非海波千丈：比喻人间是非纷起，如大海风波，使人惊心动魄。

[3]"马蹄"二句：是说做官辛苦，鸡叫头遍，就要骑马上朝。禁街：宫城里的街道。

[4] 尘土衣冠：指衣冠受到仕途风尘的污染。化用晋陆机《为顾彦先赠妇》诗："京洛多风尘，素衣化为缁。"

[5] 江湖心量：指心中怀有退隐江湖之志。

[6] 皇家凤网：指封建朝廷的名位，如诱人的罗网。

[7] 夷齐首阳：殷代遗民伯夷、叔齐兄弟二人，在周武王灭殷后，誓不食周粟，隐居首阳山，采薇而食，饿死在山中。首阳山，在今山西永济县南。

[8] 韩彭未央：韩信、彭越，都是汉初大将，帮助刘邦扫平天下，有开国之功，后来都受到猜忌，被吕后所杀。未央，宫殿名，吕后所居。

[9] "早纳"句：是说趁早装疯卖傻，递上一份辞职表归休吧。风魔：疯癫。状：指辞官的呈状。

张鸣善

张鸣善，名择，号顽老子，生卒年不详。祖籍平阳（今山西临汾），家于湖南，流寓扬州。曾官宣慰司令史、江浙提学，元亡后隐居吴江。《太和正音谱》称其曲词“藻思富赡，烂若春葩”，列于最上品，推为“一代作手”。

【双调】水仙子

讥　时

铺眉苫眼早三公[1]，裸袖揎拳享万钟[2]，胡言乱语成时用[3]。大纲来都是哄[4]，说英雄是英雄。五眼鸡岐山鸣凤[5]，两头蛇南阳卧龙[6]，三脚猫渭水飞熊[7]！

✤注释

[1] 铺眉苫（shān）眼：指装模作样，目中无人。铺苫，遮盖。当时俗语，管佯不瞅人，为“铺苫着眼儿”。三公：周代以太师、太傅、太保为三公；汉代以大司马、大司徒、大司空为三公。这里泛指高官。

[2] 裸袖揎拳：捋起衣袖，伸出拳头。指好事争斗之徒。万钟：指优厚的俸禄。钟，古代计量单位，六斛四斗为一钟（十斗为一斛）。

[3] 时用：为世所用。指治世之才。《北史·李彪传》：“识性严聪，学博坟籍，刚辩之才，颇堪时用。”这里是说那些不学无术、胡言乱语的家伙，却成了当世被重用的红人。

[4] 大纲来：终究，总而言之。哄：欺骗。

[5] 五眼鸡：亦作“忤眼鸡”，指好斗的公鸡。岐山鸣凤：传说周朝初兴时，有凤凰鸣于岐山（在今陕西岐山县东北）。

[6] 两头蛇：传说中的不祥之物，看见的人难免一死。南阳卧龙：指诸葛亮。

他曾隐居南阳(今湖北襄阳)。徐庶称之为“卧龙”。

[7] 三脚猫：指浅薄无能，仅知皮毛的人。渭水飞熊：指吕尚(即姜子牙、姜太公)。传说他曾在渭水边钓鱼，周文王外出打猎，占卜的卜辞说：“你所得到的非熊非罴(pí)，而是能辅佐你成帝王的人。”后来果然在渭水边遇见吕尚。吕尚辅佐周文王、周武王平定天下，建立周朝。后世把“非熊”误为“飞熊”，并有文王梦见飞熊而得到吕尚的故事。

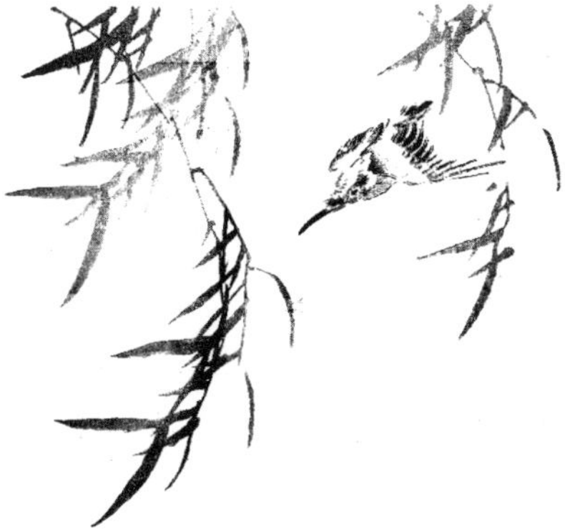

孟 昉

孟昉，字天晔，先世为西域人，寓居大都（今北京）。生卒年不详。元顺帝至正十二年（1352），为翰林待制，官至江南行台监察御史。入明，不知所终。今存《十二月乐府》小令十三首（包括闰月）。

【越调】天净沙

七　月

星依云渚溅溅，露零玉液涓涓[1]，宝砌衰兰剪剪[2]。碧天如练[3]，光摇北斗阑干[4]。

✤ 注释

[1]“星依”二句：化用唐李贺《河南府试十二月乐词 · 七月》：“星依云渚冷，露滴盘中圆。”星：指银河两旁的牵牛星、织女星。云渚：银河。溅溅（jiān）：流水声。零：落下。涓涓：清新、晶莹的样子。

[2] 宝砌：指玉石砌成的台阶。剪剪：整齐的样子。

[3] 练：绢。这句形容夜空的明净。

[4] 阑干：纵横的样子。唐刘方平《月夜诗》：“北斗阑干南斗斜。”

倪瓒

倪瓒(1306—1374),字元镇,号云林,无锡(今江苏无锡市)人。性格孤傲,绝意仕进,隐居太湖二十余年。自称“懒瓒”,又称“倪迂”。耽于诗文书画,尤以画名世。亦作散曲,现存小令十二首,多写湖山景色,田园情趣,间或流露出抑塞不平之气。

【黄钟】人月圆[1]

伤心莫问前朝事,重上越王台[2]。鹧鸪啼处,东风草绿,残照花开[3]。怅然孤啸,青山故国,乔木苍苔[4]。当时明月,依依素影,何处飞来[5]?

✤注释

[1] 人月圆:亦作词调,格律相同。

[2] 越王台:春秋时越王勾践所筑,遗址在今浙江绍兴市府山南麓。

[3] “鹧鸪”三句:化用唐李白《越中览古》诗:“宫女如花满春殿,只今唯有鹧鸪飞。”

[4] “青山”二句:谓故国唯余青山,乔木依然,苍苔满地。写今昔沧桑之感。《孟子·梁惠王下》:“所谓故国者,非谓有乔木之谓也,有世臣之谓也。”后因以乔木为故国的象征。

[5] “当时”三句:化用李白《苏台览古》诗:“只今唯有西江月,曾照吴王宫里人。”素影:皎洁的月光。

【双调】折桂令

拟张鸣善[1]

草茫茫秦汉陵阙[2]。世代兴亡，却便似月影圆缺。山人家堆案图书[3]，当窗松桂，满地薇蕨[4]。侯门深何须刺谒[5]，白云自可怡悦[6]。到如今世事难说。天地间不见一个英雄，不见一个豪杰。

✤ 注释

[1] 拟：模拟。张鸣善：元代后期散曲作家，详见本书作者介绍。

[2] 陵阙（què）：指陵墓。

[3] 山人：隐士，作者自称。堆案图书：形容藏书丰富。案，桌子。作者家中有“清閟阁”，收藏历代古籍和名家书画等。

[4] “当窗”二句：写居处环境清幽。薇蕨：似兼用伯夷、叔齐不食周粟，隐于首阳山采薇而食的典故，表示隐居明志，不与当代统治者合作。

[5] 侯门：指达官显贵之家。唐崔郊诗：“侯门一入深如海。”刺谒（yè 叶）：求见，拜访。刺，拜客用的名片。

[6] “白云”句：用南朝梁陶弘景《诏问山中何所有》诗：“山中何所有？岭上多白云。只可自怡悦，不堪持赠君。”

【越调】凭栏人

赠吴国良[1]

客有吴郎吹洞箫，明月沉江春雾晓。湘灵不可招[2]，水云中环珮摇[3]。

✤ 注释

[1] 吴国良：作者的友人，生平不详。

[2] 湘灵：传说中舜的妃子，死后成为湘水女神。

[3] 环珮（pèi）：古代女子佩带的玉饰，行走时摇动有声。

刘庭信

刘庭信，原名廷玉，排行第五，身长而黑，人称“黑刘五”。山东益都人。《录鬼簿续编》说他“风流蕴藉，超出伦辈，风晨月夕，唯以填词为事”。《青楼集》称他：“落魄不羁，工于笑谈，天性聪慧。至于词章，信口成句，而街市俚近之谈，变用新奇，能道人所不能道者。”《太和正音谱》评其词“如摩云老鹘”。现存小令三十九首，套数七篇。大多写男女风情、离愁别恨，手法新颖，语言活泼，在元代后期散曲作家中别具一格。

【正宫】醉太平[1]

泥金小简[2]，白玉连环[3]。牵恨惹恨两三番，好光阴等闲。景阑珊绣帘风软杨花散[4]，泪阑干绿窗雨洒梨花绽[5]，锦斓斑香闺春老杏花残[6]。奈薄情未还[7]。

✤ 注释

[1]《词林摘艳》题为《忆旧》。

[2] 泥金小简：用金屑涂饰的信笺。泥金，金屑。用于书画和涂饰笺纸等。

[3] 白玉连环：用白玉制成的串连而不可解的环套。表示紧密相连，不可分离。这里是指爱情的信物。

[4] 景阑珊：好景将尽。阑珊，衰落，将残。

[5] 泪阑干：泪水纵横。阑干，纵横貌。绽：开放。唐白居易《长恨歌》：“玉容寂寞泪阑干，梨花一枝春带雨。”此兼用其语意。

[6] 锦斓斑：形容缤纷的落花。

[7] 薄情：薄情人。指所思念者。

【正宫】塞鸿秋

悔　悟

苏卿写下金山恨，双生得个风流信[1]。亚仙不是夫人分，元和终受十年困[2]。冯魁到底村[3]，双渐从来嫩[4]，思量惟有王魁俊[5]。

✤ 注释

[1]“苏卿”二句：详见乔吉《水仙子·为友人作》注[3]。金山恨：指苏卿被拐骗到金山，在金山寺壁题诗中对双渐久别和自己被拐骗所流露的怨恨之情。

[2]“亚仙”二句：书生郑元和因恋妓女李娃（亚仙）而耗尽资费，遭到父亲严厉斥责，沦为乞丐，流浪达十年之久。李娃毅然收留他，并帮助他取得功名。最后夫妻团圆，父子和好。见唐白行简《李娃传》。这里是说李娃是妓女，按封建等级限制，是不能做夫人的。分：身份。

[3]冯魁：江西茶商，苏卿被拐卖给他。详见乔吉《水仙子·为友人作》注[3]。村：粗俗，不文雅。

[4]从来：一向，向来。嫩：指不老练。

[5]王魁：见高克礼《雁儿落带过得胜令》注[5]。按，王魁一向作为负心男子的典型而遭到谴责，这里却说他俊美可爱，似乎一反人们的共识。其实作者是正话反说，借此讽刺当时的社会是非不分，美丑颠倒，以抒发其愤世嫉俗的情怀。

【越调】寨儿令

戒嫖荡

没算当[1]，不斟量[2]，舒着乐心钻套项[3]。今日东墙，明日西厢[4]，着你当不过连珠箭急三枪[5]。鼻凹里抹上些砂糖[6]，舌尖上送与些丁香[7]。假若你便铜脊梁，者莫你是铁肩膀，也擦磨成风月担儿疮[8]。

又

搭扶定，推磨杆[9]，寻思了两三番。把郎君几曾是人也似看？只争不背上驮鞍，口内衔环，脖项上把套头拴[10]。咫尺的月缺花残，滴溜着枕冷衾寒[11]。早回头寻个破绽，没忽的得些空闲，荒撇下风月担儿赸[12]。

✤注 释

[1] 算当：计算。

[2] 斟量：思量。

[3] 套项：圈套。

[4] “今日”二句：东墙，用《东墙记》故事。马文辅与董秀英幼有婚约，马父死后，文辅访董家，所居与董家花园仅隔东墙。两人相见有情，由侍女梅香传递书信，约在海棠亭相会，为董母撞见，查知二人旧有婚约，因命文辅赴京应试，状元及第而归，乃得成婚。白朴有《董秀英花月东墙记》。西厢，用唐元稹《莺莺传》故事。张生与崔莺莺相爱，莺莺命侍婢红娘传诗笺于张生，诗曰：“待月西厢下，迎风户半开。隔墙花影动，疑是玉人来。”张生因赴约，与莺莺欢会。金董解元、元王实甫均据此而作《西厢记》。散曲中常以“东墙”、“西厢”指男女私下约会欢合。这里是借指天天逛妓院。

[5] 连珠箭：连接不断发出的飞箭。急三枪：快速地连刺三枪，以先发制人。这里都是比喻妓女拉拢降服嫖客的手段。

[6] 鼻凹里抹上些砂糖：喻弄点甜头引诱嫖客。《水浒传》第二十四回写王婆计赚西门庆，说：“你看我着些甜糖抹在这厮鼻子上，只叫他舐不着。……且教他来老娘手里纳些败缺。”

[7] 舌尖上送与些丁香：指妓女以接吻等亲热动作引诱嫖客。丁香，植物名，因其种仁由两片形状如鸡舌的子叶合抱而成，故又称“鸡舌香”。诗词中常用以喻女子的舌头。五代南唐李煜《一斛珠》词：“沉檀轻注些儿个，向人微露丁香颗。”

[8] “假若”三句：是说即使是铜铸铁打的身体，也会被嫖妓的放荡生活搞垮。便：即使。者莫：即“遮莫”，意为尽管，任凭。

[9]“搭扶”二句：是说嫖客进了妓院，就身不由己，好像骡马被迫推磨一样。

[10]“只争”三句：是说妓院把嫖客视为马牛，只差没在背上装鞍具，没在嘴里放嚼子，没在脖子上拴笼套而已。

[11]“咫尺”二句：写妓女朝三暮四，欢情不久。咫尺：古代以八寸为咫，比喻距离很近。这里借指时间的短暂。月缺花残：比喻欢情消散。滴溜：宋元俗语。意思是残留，剩下。元张鸣善《水仙子·讥时》：“刚滴溜得老性命，偏今宵梦境难成。”

[12]荒撇：抛弃。赸(shàn)：离去，走开。这句是劝告嫖客戒掉坏习性，卸下重担，脱身自由。

【双调】折桂令[1]

想人生最苦离别。三个字细细分开，凄凄凉凉无了无歇。别字儿半晌痴呆，离字儿一时拆散，苦字儿两下里堆叠[2]。他那里鞍儿马儿身子儿劣怯[3]，我这里眉儿眼儿脸脑儿乜斜[4]。侧着头叫一声行者[5]，搁着泪说一句听者：得官时先报期程，丢丢抹抹远远的迎接[6]。

✤注释

[1]《词林摘艳》、《乐府群珠》题为《忆别》。此首为同题组曲十二首之二。

[2]“别字”三句：承次句“三个字细细分开”，从字形上分析“别离苦”三字，且含义双关。“别”字之半为“另”，形近于“呆”，故说“半晌痴呆”，双关情人相别使人痛苦发呆；“离”的繁体为“離”，由左右两体构成，可以分拆，故说“一时拆散”，双关相爱的人被一时拆散；“苦”字为上下结构，故说“两下里堆叠”，双关离别相思之苦在所受者双方心里都沉积不解。

[3]劣怯：即“趔趄”(liè qiè)。行走时立脚不稳，身体倾斜的样子。

[4]乜(miē)斜：指愁眉苦脸、目光呆滞。

[5]“侧着”句：写男方向女方告别。行者：犹言“我走啦”。者，语助词。

[6]“搁着”三句：写女方对男方的嘱咐。希望他得了一官半职，先要报个回家的日期，好让她好好打扮一下，远远地来迎接。丢丢抹抹：梳妆打扮。

【双调】折桂令[1]

想人生最苦离别。雁杳鱼沉[2]，信断音绝。娇模样甚实曾丢抹，好时光谁曾受用，穷家活逐日绷拽[3]。才过了一百五日上坟的日月[4]，早来到二十四夜祭灶的时节[5]。笃笃寞寞终岁巴结[6]，孤孤另另彻夜咨嗟[7]。欢欢喜喜盼的他回来，凄凄凉凉老了人也！

✤ **注 释**

[1]《词林摘艳》、《乐府群珠》题为《忆别》。此首为同题组曲十二首之四。

[2] 雁杳鱼沉：用鱼雁传书故事，比喻没有音信。

[3]“娇模样”三句：写思妇在家中无心打扮，虚度青春年华，勉强支撑穷苦的生活。甚实曾：何曾，何尝。丢抹：同“丢丢抹抹”，打扮之意。谁曾：何曾。绷拽（zhuài）：勉强支撑。

[4] 一百五日上坟的日月：自冬至过一百五日，为寒食节，即清明节前一日或二日，传统习俗为踏青扫墓的时节。

[5] 二十四夜祭灶的时节：旧历十二月二十四日为民间祭祀灶神的节日。

[6] 笃笃寞寞：宋元俗语，即“笃寞”的重言，周旋、徘徊之意。巴结：辛苦，努力。

[7] 咨嗟（jiē）：叹息。

【双调】折桂令[1]

想人生最苦别离。不甫能喜喜欢欢[2]，翻做了哭哭啼啼[3]。事到今朝，休言去后，且问归期。看时节勤勤的饮食，沿路上好好的将息[4]。娇滴滴一捻儿年纪[5]，碜磕磕两下里分飞[6]。急煎煎盼不见雕鞍[7]，呆答孩软弱身己[8]。

✤ 注释

[1]《词林摘艳》、《乐府群珠》题为《忆别》。此首为同题组曲十二首之九。

[2] 不甫能：即“甫能”。刚刚，才能够，好不容易之意。

[3] 翻：反而。

[4]“看时节”二句：嘱咐出门的男人按时进食，途中保重身体。看时节：按时。看，提醒注意之词。将息：休息，调养。

[5] 一捻儿：一点点儿，很小。

[6] 碜磕磕：形容凄惨。“碜”、“惨”义通。磕磕，亦作“可可”，语助词，无义。

[7] 雕鞍：装饰华美的鞍具。借指骑马远行的情郎。宋柳永《定风波》词：“早知恁么，悔当初不把雕鞍锁。”

[8] 呆答孩：发呆的样子。身已：身体。

汤 式

汤式，字舜民，号菊庄，浙江象山人。元末补本县吏，郁郁不得志。后流落江湖间。入明后，曾得到明成祖朱棣的赏赐。著有杂剧《瑞仙亭》、《娇红记》二种，今皆不存。所作散曲名《笔花集》，语多工巧，当时广为流传。

【双调】沉醉东风

维扬怀古[1]

锦帆落天涯那搭[2]，玉箫寒江上谁家？空楼月惨凄，古殿风潇洒[3]。梦儿中一度繁华[4]，满耳边声起暮笳[5]。再不见看花驻马[6]。

✤注释

[1] 此首《雍熙乐府》不注撰人，原选归无名氏。汤式《笔花集》收有此曲，其集中感叹扬州乱后情景者不仅此首，可参看。今从《笔花集》。维扬：扬州的别称。

[2]“锦帆”句：隋炀帝游幸江都（扬州）时，曾造龙舟，以锦为帆，泛江淮而下，用民间少女五百人与羊相间牵锦缆引船而进，所过之处，香闻十里。唐李商隐《隋宫》诗：“玉玺不缘归日角，锦帆应是到天涯。”即讽刺隋朝倘不被唐所灭，则隋炀帝的游幸将更放荡无涯。此化用其句意。那搭：哪边，何处。那，同“哪”。

[3]“空楼”二句：指隋炀帝当年在扬州建的迷楼行宫，如今人去楼空，一片凄凉景象。

[4] 梦儿中一度繁华：指扬州昔日的繁华，经过战乱，已化为乌有，恍如一梦之间。唐杜牧《遣怀》诗有“十年一觉扬州梦”之句。

[5] 边声：指边境上的羌管、胡笳、画角声、马嘶声等。暮笳：傍晚时的笳声。笳，西域少数民族的一种管乐器，初卷芦叶吹之，后以竹为之。这句是写经历战乱的扬州在黄昏时传来一片悲凉的笳声，荒凉得使人感到像一座边城。宋姜夔《扬州慢》词："自胡马窥江去后，废池乔木，犹厌言兵。渐黄昏，清角吹寒，都在空城。"此化用其意。边声：一作"涛声"。

[6] 看花：扬州后土祠有一株名贵的琼花，据说隋炀帝三下扬州，也是为了观赏琼花。这里泛指风流游赏。

【中吕】山坡羊

书怀示友人[1]

驱驰何甚，乖离忒恁[2]，风波犹自连头浸[3]。自沉吟，莫追寻，田文近日多门禁[4]。炎凉本来一寸心。亲，也在您；疏，也在您[5]。

✤ 注 释

[1]《雍熙乐府》无题，亦不注撰人，原选归于无名氏。汤式《笔花集》收此曲。今从之。题共四首，所选为第二首。

[2]"驱驰"二句：是说为生计辛苦奔波，却总是事与愿违。驱驰：奔波。乖离：背离。指愿望与结果不一致。忒(tè)：太，过于。恁(nèn)：这样。

[3]"风波"句：指遭到意外的打击，几乎陷于没顶之灾。

[4]"田文"句：感叹当今没有孟尝君这样的人来关心人才和重用人才。田文：即战国时齐公子孟尝君，以好客爱才著称。参见严忠济《天净沙》(宁可少活十年)注[2]。多门禁：指进谒无门。

[5]"炎凉"三句：是说决定升沉贵贱的命运完全出于当权者的私心，要亲近提拔我，或者要疏远排斥我，都听大人您的安排，随您的高兴。您：一作"恁"，可通。

刘燕歌

刘燕歌，亦作刘燕哥，元代歌妓。善歌舞，擅词曲。现存小令一首。

【仙吕】太常引

故人别我出阳关[1]，无计锁雕鞍[2]。今古别离难，蹙损了蛾眉远山[3]。一尊别酒，一声杜宇[4]，寂寞又春残。明月小楼间，第一夜相思泪弹[5]。

✤ 注释

[1]“故人”句：唐王维《送元二使安西》诗：“劝君更尽一杯酒，西出阳关无故人。”故人：老朋友。据《青楼集》载，刘燕歌送别的这位故人，是一位姓齐的参议官。阳关：在今甘肃敦煌市西南。汉置，为古代通西域的要塞。因在玉门关之南，故名。这里泛指离别之地。

[2]锁雕鞍：指留住情人，不让外出。参见刘庭信《折桂令》(想人生最苦别离)注[7]。

[3]蛾眉远山：指美人秀丽的眉毛。旧题汉刘歆《西京杂记》：“(卓)文君姣好，眉色如望远山。”

[4]杜宇：即杜鹃，暮春时鸣叫，其声凄苦。

[5]第一夜相思：指离别的第一夜，感到格外空虚，格外痛苦。元王实甫《西厢记·草桥店惊梦》：“离恨重叠，破题儿第一夜。”参见贯云石《落梅风》：“悠悠画船东去也，这思量起头儿一夜。”

无名氏

【双调】水仙子

遣　怀

百年三万六千场，风雨忧愁一半妨[1]。眼儿里觑[2]，心儿上想，教我鬓边丝怎地当[3]？把流年子细推详[4]：一日一个浅酌低唱[5]，一夜一个花烛洞房，能有得多少时光？

✣注释

[1]“百年”二句：是说人生不过百年，三万六千天中，有一半时间被风风雨雨、忧愁烦恼所耽误了。

[2]觑（qù）：观看。

[3]鬓边丝怎地当：指鬓发挡不住忧愁烦恼的侵袭而变白了。

[4]流年：时光，光阴。子细：即仔细。推详：推究审察。

[5]浅酌低唱：宋柳永《鹤冲天》词：“忍把浮名，换了浅斟低唱。”

【仙吕】寄生草

闲　评

问甚么虚名利，管甚么闲是非。想着他击珊瑚列锦帐石崇势[1]，只不如卸罗襕纳象简张良退[2]，学取他枕清风铺明月陈抟睡[3]。看了那吴山青似越山青[4]，不如今朝醉了明朝醉。[5]

✣注释

[1]击珊瑚列锦帐石崇势：石崇，字季伦，西晋贵族，以豪富奢侈著名。他曾

与贵戚王恺斗富。王恺拿出武帝赠送的一个二尺多高的贵重珊瑚，石崇看了，随手用铁如意击碎，王恺大怒。石崇说："别发火，我赔你就是了。"于是取出好几个三四尺高的珊瑚，光彩溢目，枝条绝世，王恺不禁惘然若失。又，王恺用紫色丝绸搭成四十里长的帐幕，石崇就搭了五十里长的五彩锦帐压倒他。均见《晋书·石崇传》。

[2] 卸罗襕纳象简张良退：是说石崇那样的显赫财势，不如张良功成不居，辞官退隐。卸，脱下。罗襕，古代高级官员的服装。纳，交还。象简，用象牙制成的朝笏。张良，西汉开国功臣，封留侯，晚年不闻政事，隐居学道。见《史记·留侯世家》。

[3] 陈抟睡：见关汉卿《大德歌·秋》注[1]。

[4] 吴山青似越山青：宋林逋《相思令》词："吴山青，越山青，两岸青山相对迎。"此用其语。

[5] 今朝醉了明朝醉：指天天沉溺于醉乡之中。

【商调】梧叶儿

秋来到，渐渐凉，塞雁儿往南翔[1]。梧桐树，叶又黄。好凄凉，绣被儿空闲了半张。

✤ 注释

[1] 塞雁儿：北方边塞之雁。

【中吕】喜春来[1]

窄裁衫褃安排瘦[2]，淡扫娥眉准备愁，思君一度一登楼。凝望久，雁过楚天秋。

✤ 注释

[1]《雍熙乐府》题作《盼望》，《乐府群珠》题作《闺情》。

[2]"窄裁"句：指思妇有意把衣服裁剪得窄小一些，免得因相思而消瘦时穿

着不合身。裉（kèn）：上衣靠腋下的接缝部分。俗称挂肩。

【正宫】叨叨令

黄尘万古长安路[1]，折碑三尺邙山墓[2]，西风一叶乌江渡[3]，夕阳十里邯郸树[4]。老了人也么哥[5]！老了人也么哥！英雄尽是伤心处。

✤ 注 释

[1]“黄尘”句：是说自古以来，通向京城的路上有许多人为功名而在风尘中奔波不息。唐王昌龄《塞下曲》：“黄尘是今古。”

[2] 折碑：指折断的墓碑。言墓地荒凉。邙山墓：邙山，即北邙山，在今河南洛阳市东北。汉魏以来，王侯公卿多葬于此。

[3] 乌江渡：楚霸王项羽自刎之处。详见薛昂夫《塞鸿秋·凌歊台怀古》注[3]。

[4] 邯郸树：用黄粱梦故事。详见卢挚《金字经·宿邯郸驿》注[2]。

[5] 也么哥：词尾衬词，无意义。

【正宫】叨叨令

绿杨堤畔长亭路[1]，一樽酒罢青山暮。马儿离了车儿去，低头哭罢抬头觑。一步步远了也么歌！一步步远了也么歌！梦回酒醒人何处[2]？

✤ 注 释

[1] 长亭：秦汉时十里置亭，为行人休息及饯别之处，谓之长亭。后指送别之处。

[2] 梦回酒醒人何处：宋柳永《雨霖铃·秋别》词：“今宵酒醒何处？杨柳岸、晓风残月。”

【正宫】叨叨令

溪边小径舟横渡，门前流水清如玉。青山隔断红尘路[1]，白云满地无寻处[2]。说与你寻不得也么哥，寻不得也么哥，却原来侬家鹦鹉洲边住[3]。

✤ 注释

[1] 红尘：飞扬的尘土，形容喧嚣热闹的世俗社会。

[2] “白云”句：唐贾岛《寻隐者不遇》诗：“只在此山中，云深不知处。”此化用其意。

[3] 却原来侬家鹦鹉洲边住：元白贲《鹦鹉曲·渔父》：“侬家鹦鹉洲边住，是个不识字渔父。”侬，我。吴语自称。鹦鹉洲，在武汉黄鹤楼东北长江中。这里泛指隐者栖居的水滨。

【中吕】红绣鞋

又不是天魔鬼祟[1]，又不是触犯神祇[2]，又不曾坐筵席伤酒共伤食[3]。师婆每医的邪病[4]，大夫每治的沉疾[5]，可教我羞答答说甚的[6]？

✤ 注释

[1] 天魔鬼祟：指被魔鬼所害，即俗称中邪。天魔，天子魔的省称。佛教中指掌管欲界的魔头，以种种欲望享乐扰害佛道。《大智度论》：“天子魔者欲界主，深著世间乐，用有所得，故生邪见，憎嫉一切贤圣涅槃道法，是名天子魔。”祟（suì），鬼怪害人。

[2] 神祇（qí）：天地之神。泛指神灵。

[3] 共：和，与。

[4] 师婆每：巫婆们。每，“们”的俗字。

[5] 沉疾：重病。

[6]"可教我"句：意谓自己害的是相思病，不好意思说出口。

【越调】寨儿令

鸳帐里，梦初回。见狞神几尊恶像仪[1]，手执金锤，鬼使跟随[2]，打着面独脚皂纛旗[3]。犯由牌写得精细[4]，劈先里拿下王魁[5]，省会了陈殿直[6]，李勉那厮也听者[7]：奉帝敕来斩你伙负心贼[8]！

✤ 注释

[1] 狞神：面目凶恶之神。像仪：形像。

[2] 鬼使：鬼差役。

[3] 独脚皂纛(dào)旗：指画着独脚山魈的黑色大旗。纛，大旗。

[4] 犯由牌：宣告罪状的牌子。

[5] 劈先：首先。王魁：见高克礼《雁儿落带过得胜令》注[5]。

[6] 省会：晓谕，吩咐。陈殿直：疑指陈叔文。殿直，皇帝的侍从官。宋元南戏有《三负心陈叔文》(见钱南扬《宋元戏文辑佚》)，叙陈叔文在贫穷落魄时得到兰英的资助，为官后却把兰英推入江中淹死。兰英的鬼魂为了复仇，索去了陈叔文的性命。

[7] 李勉：宋元民间文艺中负心男子的典型。宋杂剧有《李勉负心》，已佚。《寒山堂曲谱》录戏文《风流李勉三负心》残曲六支。叙李勉在春游时遇一女子，与她双双私奔，后又把结发妻子韩氏鞭打致死。听者：听着。者，语助词。

[8] 帝敕(chì)：指玉皇大帝的命令。

【中吕】喜春来

江山不老天如醉[1]，桃李无言春又归[2]，人生七十古来稀[3]，图甚的，尊有酒且开怀[4]！

✤ 注 释

[1] 江山不老天如醉：传说天帝因为喜欢秦穆公，就让他来朝见，请他欣赏美妙的音乐，天帝喝醉了，稀里糊涂地把大片的土地赐给秦国。见汉张衡《西京赋》。这里是比喻元代统治者侥幸取得天下，坐稳了江山。

[2] 桃李无言春又归：指春去春来，岁月默默地流逝。桃李无言，用《史记·李将军列传赞》："桃李无言，下自成蹊。"

[3] 人生七十古来稀：唐杜甫《曲江二首》之二："酒债寻常行处有，人生七十古来稀。"

[4] 尊：酒杯。开怀：指畅饮。

【中吕】普天乐[1]

木犀风[2]，梧桐月。珠帘鹦鹉[3]，绣枕蝴蝶[4]。玉人娇一晌欢[5]，碧酝酿十分悦[6]。断角疏钟淮南夜[7]，撼西风唤起离别[8]。知他是团圆也梦也，欢娱也醉也，烦恼也醒也[9]？

✤ 注 释

[1]《乐府群珠》题作《秋夜闺思》。

[2] 木犀：即桂花。

[3] 珠帘鹦鹉：指珠帘外挂着鹦鹉笼子，有客来时，鹦鹉便会叫唤。

[4] 绣枕蝴蝶：指枕上绣着蝴蝶图案，也暗示进入梦境。用蝴蝶梦典。见王和卿《醉中天·咏大蝴蝶》注[2]。

[5] 一晌欢：片刻欢乐。指美人与所爱者欢会的好梦不长。

[6] 碧酝酿：绿色的酒。

[7] 断角疏钟：指夜间报更的号角声和钟声断断续续，稀稀落落。淮南：淮水以南，今江苏、安徽两省长江以北、淮河以南之地。

[8] 撼西风：摇落草木的西风。

[9]"知他"三句：写闺中少妇猜想在外的丈夫此刻是在做团圆梦呢，还是在醉酒欢娱呢，还是也愁思满怀地睡不着呢？

【正宫】塞鸿秋

春　怨

腕冰消松却黄金钏[1]，粉脂残淡了芙蓉面[2]，紫霜毫点遍端溪砚[3]，断肠词写在桃花扇[4]。风轻柳絮天，月冷梨花院，恨鸳鸯不锁黄金殿[5]。

✤ 注释

[1] 腕冰：形容雪白的手腕。一作"腕肌"。黄金钏(chuàn)：金手镯。

[2] 芙蓉面：形容面容艳丽。唐白居易《长恨歌》："芙蓉如面柳如眉。"

[3] 紫霜毫：指紫毫毛笔。用秋后经霜的兔毛制成，故称霜毫。端溪砚：即端砚。以广东德庆县端溪产石所制之砚。唐刘禹锡《唐秀才赠端溪紫石砚》诗有"端州石砚人间重"句。

[4] 断肠词：指抒写相思痛苦的诗词。桃花扇：指歌扇。宋晏幾道《鹧鸪天》词："歌尽桃花扇底风。"

[5] 黄金殿：犹言金屋。形容居室极其华丽。汉武帝为太子时，姑妈想把女儿阿娇嫁给他，他说："若得阿娇作妇，当以金屋贮之。"即所谓"金屋藏娇"。见汉班固《汉武故事》。

【双调】雁儿落带过得胜令

指　甲

宜将斗草寻[1]，宜把花枝浸[2]，宜将绣线挦[3]，宜把金针纫[4]。

宜操七弦琴，宜结两同心[5]，宜托腮边玉[6]，宜圈鞋上金[7]。难禁，得一掐通身沁[8]。知音，治相思十个针[9]。

✤ 注释

[1] 斗草：又称斗百草，古代青年妇女和儿童的一种游戏。春夏之时，同伴三

数人，寻取草色中吉祥而罕见者多种，各道名目，比赛胜负。起于南朝，至唐宋而极盛，明清犹未衰。

[2] 花枝浸：把摘下的花枝浸在水中以保鲜。

[3] 挦（xián）：拔。指刺绣时拔线出针的动作。元无名氏《梧桐叶》第四折："当日正女功，手挦着绣绒。"

[4] 纫（rèn）：引线穿针。

[5] 同心：指同心结，用丝带打成菱形连环结，表示夫妻恩爱。

[6] 腮边玉：似指玉制的耳环、耳坠之类。

[7] 圈鞋上金：指在鞋上饰以金边。

[8] 通身沁：指快感渗透全身。

[9] 十个针：喻纤纤十指的指甲。

【黄钟】红衲袄

那老子彭泽县懒坐衙，倦将文卷押[1]。数十日不上马，柴门掩上咱[2]，篱下看黄花[3]。爱的是绿水青山[4]，见一个白衣人来报[5]，来报五柳庄幽静煞[6]。

✤ 注释

[1] "那老子"二句：指陶渊明任彭泽县令时厌倦政事，懒于做官。坐衙：官吏在衙堂判事。文卷押：指批阅文卷。押，在文书上署名或画记号。

[2] 柴门掩上咱：指陶渊明退隐后闭门闲居，不与外人往来。其《归园田居》诗云："白日掩荆扉，虚室绝尘想。"又《归去来辞》："门虽设而常关。"咱，语尾助词。

[3] 篱下看黄花：指陶渊明在东篱下赏菊。其《饮酒》诗云："采菊东篱下，悠然见南山。"

[4] 爱的是绿水青山：陶渊明《归园田居》诗："少无适俗韵，性本爱丘山。"此化用其意。

[5] 白衣人：用白衣人送酒故事。详见卢挚《沉醉东风・重九》注[3]。

[6] 五柳庄：指陶渊明的住宅，因宅边有五株柳树而得名。见鲜于必仁《寨儿令》注[4]。

【黄钟】贺圣朝

春夏间遍郊原桃杏繁，用尽丹青图画难[1]。道童将驴鞴上鞍[2]，忍不住只恁般顽[3]，将一个酒葫芦杨柳上拴。

✤ 注释

[1] 丹青：绘画的颜料。

[2] 鞴（bèi）：装备车马。

[3] 恁般：如此，这样。

【南吕】玉交枝

休争闲气，都只是南柯梦里[1]。想功名到底成何济[2]？总虚脾[3]，几人知？百般乖不如一就痴[4]，十分醒争似三分醉[5]。只这的是人生落得[6]，不受用图个甚的！

✤ 注释

[1] 南柯梦：用唐李公佐《南柯记》事。比喻功名富贵如梦幻一样虚无。详见马致远《折桂令·叹世》注[5]。

[2] 成何济：有什么用处。

[3] 虚脾：虚情假意。

[4] 百般乖：样样聪明。一就：一直，一味。

[5] 争似：怎似。

[6] 的（dí）是：确实是。的，的确，确实。落得：乐得，甘愿去做。

【双调】殿前喜

谪仙醉眼何曾开，春眠花市侧[1]。伯伦笑口寻常开，荷锸埋。曾何碍，糟丘高垒葬残骸[2]。先生也快哉！

✤ 注 释

[1]“谪仙”二句：谪仙，指唐代诗人李白。贺知章见李白诗，惊叹不已，称他为“谪仙人”。见《新唐书·李白传》。这两句化用杜甫《饮中八仙歌》：“李白一斗诗百篇，长安市上酒家眠。”何曾：一作“何时”。

[2]“伯伦”四句：晋刘伶，字伯伦，嗜酒，“常乘鹿车，携一壶酒，使人荷锸而随之，谓之：‘死便埋我。’”见《晋书·刘伶传》。荷锸（hè chā）：背着锹。糟丘：酒糟堆积如山。指沉湎于酒。

【双调】驻马听

月小潮平，红蓼滩头秋水冷[1]。天空云净，夕阳江上乱峰青[2]。一蓑全却子陵名[3]，五湖救了鸱夷命[4]。尘劳事不听，龙蛇一任相吞并[5]。

✤ 注 释

[1] 红蓼：草本植物，花淡红色，常生于水边。

[2] 江上乱峰青：唐钱起《省试湘灵鼓瑟》诗：“曲终人不见，江上数峰青。”

[3]“一蓑”句：是说严光隐居富春江，披蓑垂钓，保全了隐居的高名。子陵，严光字。详见鲜于必仁《寨儿令》注[1]。

[4]“五湖”句：是说范蠡功成身退，携西施泛舟五湖，变姓名为鸱夷子皮，以远害全身。详见马致远《四块玉·洞庭湖》注[1]。

[5] 尘劳：世俗烦劳。宋范成大《丙午新正书怀》：“东风马耳尘劳后，半夜鸡声睡熟时。”“龙蛇”句：喻社会政治生活中各派势力的争斗消长。一任：听凭，听任。

【双调】清江引

春梦觉来心自警，往事般般应[1]。爱煞陶渊明，笑煞胡安定[2]，下梢头大都来不见影[3]。

✤ 注释

[1] 般般：件件。应：应验。

[2] 胡安定：宋胡瑗，字翼之，先世居安定，流寓陵州，人称安定先生。为宋代理学先驱。专讲君臣之分、礼仪之学，拘于礼俗："虽盛暑，必公服坐堂上，严师弟子之礼。""徐积初见先生，头容少偏，先生厉声云：'头容直！'""治家甚严，尤谨内外之分，儿妇虽父母在，非节朔不许归宁。"见《宋元学案·安定学案》。作者认为胡安定的思想行为显得迂执可笑。

[3] 下梢头：结果，最终。宋朱熹《朱子语类》卷九："今既要理会，也须理会取透，莫要半青半黄，下梢多不济事。"大都来：大概，多半。这句是嘲笑那些拘守礼法、一本正经的道学先生，最后多半言行不一，难以始终坚持。

【正宫】醉太平

堂堂大元，奸佞专权[1]。开河变钞祸根源[2]，惹红巾万千[3]。官法滥，刑法重，黎民怨。人吃人，钞买钞[4]，何曾见？贼做官，官做贼，混愚贤。哀哉可怜！

✤ 注释

[1] 奸佞(nìng)：性情奸诈，惯于以花言巧语取宠的人。

[2] 开河：元顺帝至正十一年(1351)，派工部尚书贾鲁治理黄河，征调十五万民工和两万戍军，开凿黄河故道。这次繁重的劳役是在连年天灾人祸、民不聊生的情况下进行的，因而成为元末农民起义的导火线。变钞：钞是元代发行的纸币，元代统治者不断改变钞法，导致纸币贬值，物价飞涨。

[3] 惹红巾万千：指白莲教首领韩山童、刘福通利用开河民工怨声载道的时机，发动起义，队伍迅速发展到十多万人，因以红巾包头为标志，故名红巾军。

[4] 钞买钞：元代币制十分混乱，每次改变钞法后，旧币仍与新币并行，官府还规定了兑换率，因而造成了新旧币相互倒买的现象。